飛んで火に入る料理番

新・包丁人侍事件帖③

小早川 涼

角川文庫
19767

目次

登場人物一覧

鮎川惣介《あゆかわそうすけ》……江戸城御広敷御膳所台所人《おひろしき》。将軍家斉《いえなり》の食事を作る御家人
志織《しおり》……惣介の妻
鈴菜《すずな》……惣介の長女
小一郎《こいちろう》……惣介の長男
片桐隼人《かたぎりはやと》……惣介の幼馴染《おさななじ》み。御家人。大奥の管理警護をする添番《そえばん》
八重《やえ》……隼人の妻
以知代《いちよ》……隼人の母
仁《まさし》……隼人の長男
信乃《しの》……隼人の長女
桜井雪之丞《さくらいゆきのじょう》……京から来た料理人。世継ぎ家慶《いえよし》の正室楽宮喬子《さざのみやたかこ》の料理番
睦月《むつき》……雪之丞と同居する京女
曲亭馬琴《きょくていばきん》……戯作者。『南総里見八犬伝』が人気を博す
滝沢宗伯《たきざわそうはく》……馬琴の息子。医師

末沢主水《すえさわもんど》……漂着して幕府お抱えになった英吉利人《えげれす》
水野和泉守《みずのいずみのかみ》（忠邦《ただくに》）……寺社奉行。浜松《はままつ》藩主。家慶の元で老中の座を狙う
大鷹源吾《おおたかげんご》……水野の懐刀
二宮一矢《にのみやいちや》……旗本。小一郎の弓術の師匠
ふみ……主水の料理の師匠
伝吉……ふみの息子
徳川家斉……十一代将軍

第一話　火の粉《こ》

*

読本《よみほん》を書いた奴の名は、字がむつかしすぎてぜんぶは読めない。四角にたて線がふたつ、横線がひとつ。次の字は知ってる。亭主《ていし》の亭だ。その次もわかる。馬だ。だい名のほうがやさしい。一里二里の里《り》に見《み》るの見。それから八犬《はちいぬ》——八ぴきの犬の話らしい。

それが、ぞうきんみたいにくしゃりと丸めた形のままもえて、おどりながら開いていった。火が板戸に移ってまっすぐ立ち上がった。あたりがこげくさくなった。

ひえきっていた体が少しぬくもった。

うっかり煙《けむ》をすいこんだら、せきが出てだれかに気づかれる。はなと口を手ぬぐいで押さえて、ひろがっていくほのおをじっと見た。

「ったく。やってられねぇ」

だれかがとなりでしゃべった気がした。よく考えたら自分の声だった。

今朝、目がさめたときからガンガンいっていた頭が、うそみたいにしずかになった。むしゃくしゃした気分が、すぅっときえてなくなった。いい心もちだ。

走るとみょうに思われるから、知らんぷりで通りへ出た。そのくらいのちえはある。しばらく歩いたら、さっきまでいた横丁で、「火事だ」と大きな声がした。そうして、半しょうがなりだした。

＊＊

文政七年（一八二四）の睦月《いちがつ》は、麻疹《はしか》で明けて麻疹で暮れた。麻疹神がようやく江戸《えど》から去り皆が胸をなで下ろした、その手が臍《へそ》まで届かないうちに、如月《にがつ》は朔日《ついたち》から火事で幕を開けた。

昼八つ半（午後三時頃）を過ぎた頃、神田三河町《かんだみかわ》一丁目の南側から出火。

吹き荒れる西北の風にあおられて、火は永富町《ながとみちょう》から鎌倉河岸《かまくらがし》へと燃え広がり、本町《ほんちょう》、石町《こくちょう》の通りの両側を焼いて日本橋《にほんばし》まで届いた。消し止められたのは翌二日の明け六つ（午前六時頃）のことだ。

逃げ惑う人たちが殺到した結果、風下の西堀留川《にしほりどめがわ》に架かる荒布橋《あらめばし》が落ち、死人、怪我《けが》人が出た。

火事場で家財道具を運びだすことや大八車を使うことは、法度《はっと》できつく禁じられ処罰も厳しい。火事から逃げるときは、誰もが身ひとつだ。橋は火に追われた人々の重さだけで落ちたのだ。

この火事がまだ燃えているうちに、夜四つ（午後十時前）になって、小石川《こいしかわ》の音羽《おと わ》町《まち》九丁目から火が出た。この近辺は、江戸でも五本の指に入る遊女町だから、たいそうな騒ぎになった。こちらは隣り合う桜木町《さくらぎちょう》から目白坂《めじろざか》付近を焼いて、先の火事より早く夜八つには鎮火した。

それで足りないかのように、二日の暮れ六つ（午後六時頃）。今度は京橋《きょうばし》の南の外れ、竹川町《たけかわちょう》から火事が出た。これは、京橋通りの裏っ側、堀川に面する三十間堀《さんじっけんぼり》まで延焼した。

さらに、焼け落ちた町の片づけがようよう始まったばかりの如月五日、真夜中九つ（午前零時前）。竹川町と同じ通りにある京橋銀座《ぎんざ》一丁目が次の火元となった。京橋は目と鼻の先。二日に焼けた三十間堀も近かった。が、火は東の風に乗って丸《まる》太新道《たしんみち》へ進んだ。こちらも火消しに六日の明け六つまでかかった。

「麻疹もうんざりだが、火事にはもっと愛想が尽きた。勘弁してもらいてぇ」

市中のあちらこちらで聞こえる怨嗟《えんさ》の声が天には届かないのか、火難避《かなんよ》けの神である迦具土神《かぐつちのかみ》が、神無月を待ちきれずに出雲《いずも》へ出かけているのか。三日後の如月八日宵五つ（午後八時前）、今度は霊岸島《れいがんじま》で火事が起きた。

これがひどかった。

亀島川をはさんで向こうに町方同心の組屋敷が軒を連ねている場所。睨《にら》みが利《き》いているはずの場所。こともあろうにその場所で、町火消同士が中心になって大乱闘を繰り広げたのだ。燃えさかる火を放り出して。

江戸の町火消は、享保五年（一七二〇）に当時の南町奉行、大岡越前守《おおおかえちぜんのかみ》が制度を整えた。いろは四十七組を一番から十番までに振り分け、本所深川《ほんじょふかがわ》はそれとは別に南五組、中六組、北五組とし、それぞれ火消しを受け持つ区域が決まっている。合わせて六十三組ある。

喧嘩《けんか》は、一番組（い、は、に、よ、万の各組）二番組（ろ、せ、も、め、す、百、千の各組）本所深川の各組と、八番組（ほ、わ、か、たの各組）九番組（れ、そ、つ、ねの各組）十番組（と、ち、り、ぬ、る、をの各組）との間で起きた。

ここに騒ぎを起こしたがる無頼《ぶらい》町人が加わって、一番組のほうが三千数百人、対する八番組のほうは三千人余り。血で血を洗う凶悪な有り様で、多数の死者が出た。

そっちのけにされた火事は、火元の霊岸島塩町《しおちょう》から南新堀町《みなみしんぼりちょう》の一、二、三丁目を燃やし、湊橋《みなとばし》の際までを焼き払って自然に消えた。喧嘩のほうは夜明けまで五刻（約十時間）近くつづいた挙句、町奉行所から抜刀した同心の一隊が出動してようやく収まる体《てい》たらく。お粗末のひと言だ。

そして――。

（一）

半鐘の乱れ打ちが始まった。如月十一日、夕七つ（午後四時頃）のことである。

（また火事か）

江戸城御広敷御膳所《えどじょうおひろしきごぜんしょ》の台所人、鮎川惣介《あゆかわそうすけ》は、すりこ木を握った手を止めて耳を澄ませた。途端に心の臓がびくりと音をたてた。半鐘の音はずいぶん遠いが、半蔵御門《はんぞうごもん》の向こう、麹町界隈《こうじまちかいわい》を挟んで外堀に開いた四谷《よつや》御門の方角から聞こえる。

（まさか、伊賀町《いがまち》が火元ではあるまいな。隼人《はやと》の屋敷は無事か）

案じだすと、居ても立ってもいられなくなった。

隼人――片桐《かたぎり》隼人は、惣介の三つのときからの幼馴染《おさななじ》みで、以来三十七年途切れることなく無二の友だ。四十路《よそじ》にもなって、鍛え上げた引き締まった体つきの上に、日本橋界隈を歩けば若い娘も振り返るほどの男前と、世間から後ろ指をさされても仕方がない、けしからん見目形《みめかたち》をしている。

江戸城大奥の警護と管理を掌《つかさど》る、添番《そえばん》の役を務めていて、今日は非番だから、四谷伊賀町の家で、三歳（現在の数え方では一歳十一ヶ月）になった双子の仁《まさし》と信乃《しの》に振り回されているはずだが……。

かく言う惣介のほうは、十一代将軍家斉《いえなり》の食事を作るのがお役目だ。今日は遅番で、すでに夕餉《ゆうげ》の支度《したく》が始まっている。わかってはいたが、今のままでは気もそぞろ。料理の味見も真っ当にできまい。

朔日の昼の火事は、贔屓《ひいき》の蕎麦屋《そばや》、権太《ごんた》が屋台を出している浮世《うきよ》小路《しょうじ》の近辺が燃えた。人死にも出たから、権太本人と屋台が難を逃れたとわかるまでずいぶん気を揉《も》んだ。

夜のほうは、火元が惣介の長年連れ添った妻、志織《しおり》の実家《さと》に近い音羽町で、夜更《よふ》けの道を走って無事を確かめに行った。

朔日は非番で、思うままに動けて幸いだった。今回は当番な上に、料理を仕上げる刻限が迫っている。如何《いかん》ともしがたい。

（我がときでありながら、我がままにならん。我が心でありながら、これもまた、我がままにならん）

惣介は額に手を当てて、あぁとうなった。直後に脇から話しかけられた。

「また火事でございますな。どうも四谷の方向らしいが」

いつの間に傍に来たのか。台所人になって二度目の春を迎えた倉田《くらた》安兵衛《やすべえ》だった。心根の優しい気持の良い若者だが、いつにも増して声音《こわね》が親身なのは、惣介が当然、隼人の心配をすると知っているからだ。

「行って見てこられてはいかがです。それがしの腕では覚束《おぼつか》ないことでございますが、しばらくの間、鮎川様の分のお役目お引き受けいたしますゆえ」

ありがたい申し出だった。

「しかし、おぬしもせねばならぬ仕事があるだろう」

「それがしは飯炊きを仰《おお》せつかっておりますので、四半刻《しはんとき》（約三十分）ほどは手が空《す》いております」

確かに、米は研《と》いだあとしばらく置かねばならないし、あまり早く炊き始めては、お毒味の待つ〈笹の間〉へ運ばれる前から冷めてしまう。だが、炊き終えたあとの蒸《む》らしを勘定に入れると、実際には、倉田にこのあと四半刻もの暇《ひま》はない。無理を押して買って出てくれたのだ。

惣介は手許《てもと》のすり鉢に目を落として迷った。

今日の夕餉の膳《ぜん》は、鯛《たい》の刺身《さしみ》に、烏賊《いか》と芹《せり》の吸物、鱚《きす》と生姜《しょうが》の膾《なます》などで、惣介はお平椀《ひらわん》の受け持ちである。

今宵《こよい》のお平は、鯛のすり身と独活《うど》と蕗《ふき》の炊き合わせ。昼八つ（午後二時頃）前に、蕗を塩で板ずりするところから料理にかかった。

蕗は手がかかる。

あくが強いので、板ずりしてから熱湯で茹《ゆ》でて水にさらす。水から上げたら、筋を取って二寸弱（約六センチ）に切り揃える。煮汁は、出汁《だし》に酒、砂糖、醤油《しょうゆ》、それと塩をほんの少し加えて作る。

この煮汁を煮立てて下拵《したごしら》えした蕗を入れ、ゆっくり六十数える間だけ煮てすぐに火から下ろす。笊《ざる》を使って蕗と煮汁を分け、それぞれを風の通るところに置いてよく冷ます。すっかり冷めたのを見極めてから、煮汁に蕗を戻す。

ここまでで小半刻（一時間弱）。

煮汁をほどよく浸《し》み込ませるために、一刻（約二時間）くらいは浸《ひた》して置きたい。そのあたりを勘定して、蕗から仕事を始めたわけだ。で、半刻ほど前に冷めた蕗を冷めた汁に浸した。

おかげで蕗だけは、ときが来たら盛り付けて〈笹の間〉へ運ぶまでになっている。

独活は蕗よりずっと硬いが、しゃきしゃきした歯触りと山の香りを楽しむものだし、筍《たけのこ》と似て思いの外に味浸みが早い。隼人と妻子がつつがないことを確かめて戻ってから作業しても、充分間に合う。

（そこまでは、よしとして……）

気になるのは、今取りかかっている鯛のすり身だ。皮と骨を取り去った身がすでにすり鉢の中に入っている。これをすりこ木ですり潰《つぶ》すのが次の手順だ。

が、ただすり潰すだけではない。すり潰す間に、出汁、卵の白身、下ろした山芋《やまいも》などを次々に加えていく。半月の形で熱湯に落して茹であげるまで、手を休めることなく一気呵成《いっきかせい》に進めてこそ、色美しく仕上がり、魚の臭みも出ずに済む。

その技《わざ》は、やはり日々の積み重ねで身につくものだ。倉田は良く精進しているが、それでも惣介ほどの腕はまだない。手さばきが少しもたつけば、四半刻などすぐに過ぎる。そうなれば、倉田は飯釜《めしがま》の火加減を面倒見ながら、鯛のすり身をこしらえる羽目になる。

知っていて、口から言葉がこぼれていた。

「すまんが甘えさせてもらう。四谷御門まで行けば様子がわかるだろう。走って行って走って戻るゆえ」

倉田が穏やかな笑顔でこっくりとうなずく。それを見てすぐ、惣介は御膳所を飛び出ていた。様子がわかって伊賀町が燃えているとなったらどうするつもりなのか――湧き出た問いには蓋《ふた》をして。

「おい、鮎川。お役目を放り出してどこへ行く。許さんぞ」

背中で、台所組頭の長尾清十郎《ながおせいじゅうろう》が叫んでいる。どうせ、いつもの苦虫おむすび顔にさらに苦虫を大盛りにしているに違いない。

あとで何とでも言い訳はする。そう決めて、惣介は振り返らずどたばたと走りつづけた。ひと足ごとに腹が揺れて邪魔くさい。料理の研鑽《けんさん》のため、食べる手間をわずかも惜しまなかった。その生き様が積もりに積もった誇るべき腹だが、こんなときには持て余す。

御広敷門をくぐって平川《ひらかわ》御門まではそこそこの速さで行けた。米を舂《つ》く御舂屋《おつきや》を右手に見て竹橋《たけばし》御門を通り、御木戸を抜けたところにある角の御番所を覗《のぞ》いた。が、細かな火元まではわからなかった。仕方なく内堀沿いに代官町をもたもた進み、半蔵御門までたどり着いたが、半鐘の鳴り止む気配はない。おまけに門番から「火元は市谷谷町《いちがやたにまち》の念仏坂《ねんぶつざか》」と聞かされて、どっと冷や汗が出た。

市谷谷町を東西に貫く念仏坂は、隼人の住む伊賀町まで七町（約七百六十メートル）ほど。風向きが悪く火の勢いが強ければ、あっという間に届いてしまう距離だ。

（頼む。無事でいてくれよ）

胸のうちで唱えながら、麹町の大通りを息を切らして進み出した。草分名主《くさわけなぬし》、矢部《やべ》家の前まで来ると、一本奥の道に面した騎射調練馬場から、春の青草の匂いをはらんだ風が吹き寄せて、背中を押した。

それで心づいた。風向きは北東だ。とすれば、火は南西の方角に向かう。

（伊賀町は念仏坂の東側。滅多なことはあるまい）

ほっとしたら、足が棒へと姿を変えた。

惣介の読みを裏づけるかのように、伊賀町近辺の半鐘が一打、しばらくしてまた一打。

「心配《しんぺえ》いらねぇようだ。まあ用心に越したこたぁねえが」

と語りかけるように鳴っている。引き替えに、念仏坂の西南に位置する四谷塩町《しおちょう》辺りで乱打が始まった。

（薄情者よ）

腹のうちでおのれを責めながら、惣介は引かれた後ろ髪を引っこ抜く思いで踵《きびす》を返した。

念仏坂から四谷塩町の間には、御先手組の組屋敷が建ち並んでいる。知己はいない。だが、同じ御家人同士だ。皆、落ちてくる火の粉に追われながら、命と家財道具を守るため難儀《なんぎ》しているはずだ。片桐家の面々が安泰《あんたい》ならそれで良し、とは割り切れない。

かといって、今、顔見知りでもない惣介が駆けつけても、ただの足手まといな野次馬だ。

とにもかくにも鯛のすり身を旨《うま》い煮物に仕上げて、話はそれから――思い定めて、惣介は来たときと同様、懸命に御広敷御膳所を目指した。気持の上では足は、急ぎの荷物を運ぶ大八車の車輪のごとく、威勢よく回っている。それでいて、進む速さは歩いているのと大差ない。

「日頃の鍛錬《たんれん》が足りんからだ」

空のどこかから、隼人の声が聞こえた気がした。

「十一日の火は、結句《けっく》、赤坂《あかさか》から芝《しば》の海辺にまで燃え広がったからなぁ。ようやく消し止められたと聞いたときには、朝五つ（午前八時頃）もだいぶん過ぎていた。おかげで俺も八重《やえ》も母上も、一晩中寝ないままだ」

炉端《ろばた》に胡坐《あぐら》をかいた隼人が、火箸《ひばし》で熾《おき》をかき集めて新しい炭を足した。

如月も二十日になって、桜がほころびかけているというのに、花曇りの花冷えでしわしわと寒い。昼八つでこれでは、日が暮れたら縕袍《どてら》が恋しくなるかもしれない。

「御先手組の家屋敷や赤坂の住人を人身御供《ひとみごくう》に差し出したようで、どうも寝覚めが悪い。かというて、うちが焼け出されれば、縁戚《えんせき》の家に『騒ぐ、散らかす、泣く』の立派な供揃《ともぞろ》えが転がり込む仕儀《しぎ》になるからな」

しゃべっている間に、隼人の言う供揃えの一画《いっかく》、信乃が、炉端の向こうからしっかりした足取りで近寄ってきて、隼人の掌《たなごころ》に細螺《きしやご》をひとつ落した。

「ちっちに、あげゆ」

この小さな貝殻《かいがら》はおはじきとして使う。それを蛤《はまぐり》の貝殻でひとつひとつすくい取る遊びは、『細螺おしゃくい』と呼ばれる。

四半刻ほど前から、惣介の嫡男《ちゃくなん》、小一郎《こいちろう》の指揮の下、五歳（現在の四歳）の伝吉《でんきち》と仁と信乃が、この遊びに熱心に取り組んでいた。それが一段落して、信乃が大勝ちしたらしい。

「せっかく信乃が取ったのだろう。もらってかまわんのか」

隼人の目尻《めじり》に笑い皺《じわ》が二本よって、鼻の下が――間違いなく――三寸（約九センチ）は伸びた。

「いい。あげゆ」

幼い子どもの遊戯《ゆうぎ》ながら、すくうときに他の細螺が動いてはいけない決まりがあるので、なかなかむずかしい。仁はひとつもすくえないままのようだ。大事の成果《せいか》を父親にくれるというのだから、信乃は太っ腹である。

「おじたんも、ひとつ欲しいなあ」

ついからかいたくなって頼んでみると、信乃は細螺を入れた湯呑《ゆの》みに目を落して考える顔になった。

「食べゆから、らめ」

いくら惣介でもおはじきを食べたりはしない。だが、信乃は『食べゆ』と決め込んでいる。八重と姑《しゅうとめ》の以知代《いちよ》が惣介のことを何と噂《うわさ》しているか、それが透けて見えるような返事ではないか。

今日は嫁姑二人して知り合いの棟上《むねあ》げを手伝いに出ているが——そのために惣介や小一郎まで子守に駆り出されているわけだが——そこでも惣介についていらぬ口を叩《たた》いているに違いない。仲が悪いくせに似た者嫁姑で、恩知らずなところがそっくりだ。

「おぬしのご母堂もご新造《しんぞ》も、子どもの前で俺の悪口を言うのか。どうも行き届いた躾《しつけ》だな。そもそもお二人とも、俺の研鑽がまるでわかっておらん」

「ふん。うちの女たちの心ばえはさておき、おぬしの『研鑽』はもう耳たこだ。そろそろ違う言い訳を考えるがよかろう」

「言うことはそれだけか。友だち甲斐《がい》のない奴だな。そう思うなら、何か妙案を出してくれてもよさそうなものだ」

朝、昼、晩と何かが胃の腑《ふ》を満たしていればそれでたくさん。そんな不埒《ふらち》な心持で浮き世を渡っている隼人に、日夜、腹の虫と闘いつづける惣介の切ない胸のうちがわかるはずもない。

とはいえ『研鑽』は手垢《てあか》がつきすぎた。

(誰が聞いても『なるほど。鮎川殿が毎食ごとに丼《どんぶり》五杯飯を食うのは、高い志あってのことだ』と首肯《しゅこう》する言い分が要る)

惣介が思案し始めたところで、玄関の引き戸が開く音がした。

娘の鈴菜《すずな》は、例によって、神田の滝沢宗伯《たきざわそうはく》のところへ行っている。医者修業を止める気配はまるでない。

妻の志織は、伝吉の母であるふみと一緒に、里へ出かけている。朔日の火事の折りに志織の母が転んで腰を痛めた。その看病のためだ。

ついでに言うと、諸々《もろもろ》あって、惣介が将軍家斉から預かった英吉利人《えげれす》、末沢主水《すえさわもんど》は、先月の末から天文屋敷《てんもんやしき》に出向いたままだ。水戸《みと》藩の領内に漂着した英吉利の捕鯨船《ほげいせん》と藩との間で悶着《もんちゃく》が起きた。その後始末を手伝っているらしいが、詳しいことはわからない。

そんなこんなで、今この屋敷には惣介しか客を迎えに出る者がいない。板の間に手をついて腰を上げると「よっこらしょ」と声が出た。隼人が眉《まゆ》を上げて呆《あき》れ顔を作って寄越《よこ》した。気づかぬふりで、おとないに応《こた》えに出てみると、懐かしい顔がひとつ、初めて見る顔がひとつ、腰をかがめて三和土《たたき》に立っていた。

嬉《うれ》しいことに、新顔は手土産《てみやげ》らしい風呂敷《ふろしき》包みを抱えている。さらに嬉しいことに、惣介の犬も顔負けな嗅覚《きゅうかく》が、包みの中身は焼き立ての串《くし》団子――醤油味、だと教えてくれた。

（二）

御持《おも》たせで茶を入れ、炉端で向かい合えば、町火消《う組》の勘太郎《かんたろう》は、以前と変わりなくキリリと眉の濃い、写楽《しゃらく》の役者絵から抜け出てきたような華々しい男ぶりだった。六尺（約百八十センチ）をはるかに超える大男なのも——変わりようがないが——相変わらずだ。

顔を合わせるのは三年ぶり、文政四年（一八二一）の睦月以来である。当時は纏持《まといもち》だったが、一昨年《おととし》、跡を継いで組頭になったのだという。組頭はたいていが四、五十代。三十半ばにもならない勘太郎は、飛び抜けて若い。

その重責《じゅうせき》が祟《たた》っているのか、他にわけがあってか、頰《ほお》が瘦《こ》けて顔色が悪いのが気にかかる。

「三十路《みそじ》を過ぎたばかりで組頭とは大役だな。しかし、お前が仕切っていれば《う組》は安泰だ。八日の霊岸島みたいな不始末も起こるまい」

世辞《せじ》でなく思ったとおりを口にしたまでだが、勘太郎は照れ臭げに目を細めた。

「実ぁ、その一件でちょいとお頼みしたいことがありやして、こうしてあがったようなわけで……」

言いさして柄にもなく勘太郎が口ごもる。その姿を痛ましげに眺《なが》めて、新顔が遠慮がちにしゃべり出した。

「あの喧嘩では、幾人かつまらない死に方をいたしましたが、その中に、錺職《かざりしょくい》の五十松《そまつ》という者が交じっておりました」

新顔の声は柔らかく低めで、耳に心地好《よ》かった。

小ぶりな丸顔に、やさしげな地蔵眉《じぞうまゆ》。奥二重で瞳《ひとみ》の大きい舟形の目に、真っ直ぐで繊細《せんさい》な鼻。そうして唇のやや薄い大きめな口。輪郭《りんかく》が団子でも、顎《あご》がすっきりしていて、載っている造作が良ければ男前ができあがる。その見本みたいな顔立ちの男だ。

名は理左衛門《りざえもん》。勘太郎より二つ年下で、京橋の丸太新道で小間物を商う《くれない屋》の番頭だそうだ。順調に出世しているお店者《たなもの》には、如才《じょさい》なさや押しの強さが鼻につく部類も多い。だが、理左衛門は穏やかで控えめな質《たち》に見えた。

「五十松は《くれない屋》に簪《かんざし》を卸《おろ》しておりました。手前と歳が近いこともあって、話が合いましてね。その縁で勘太郎さんとも知り合えたんだが、どうも、とんだことになってしまって。未《いま》だに嫌な夢でもみているような具合で──」

「あっしと五十松は、ガキの頃に相長屋《あいながや》で育った友子友《ともこども》だちでさ。口数は少ねぇが、気のいい大人しい野郎で、喧嘩なんざ金輪際《こんりんざい》しねぇ奴なんだ。あっしや理左衛門たぁ違って、加賀町《かがちよう》の長屋に可愛い女房もいる。それが……」

理左衛門の話を中途で引き取っておきながら、勘太郎は喉《のど》を詰まらせて目を瞬《しばた》いた。見た目はおっかない兄貴だが、勘太郎は涙もろく情に厚い。そのことは、出会いのきっかけになった事件でよくわかっていた。

(なるほど。幼馴染みの横死《おうし》が堪《こた》えているのか)

惣介は三本目の団子に伸ばしかけた手を止めた。日々の大方を食いごとにかまけているが、こんな話を聞きながら団子を頬張《ほおば》るほど不人情じゃあない。

「そいつぁ……辛《つら》かろう」

と、受けたものの、勘太郎が何を頼みに来たのかわからなかった。

温和な男でも逆上《のぼ》せることはある。五十松がどんな事情で命を落とすことになったにせよ、喧嘩の処罰は町方の役目で、すでに町奉行所が動いている。惣介や隼人が口を出せる話ではない。

「辛いのはあっしじゃねぇ。死んじまった五十松でさ。町方の旦那《だんな》方は、五十松は喧嘩で死んだもんと決めてかかってんですぜ。それじゃあ、あいつは浮かばれねぇ」

呆気《あっけ》なくこの世を去った五十松にも、それを食い止められなかった自分にも腹を立てている。そのぶつけどころが見つけられずに、癇癪《かんしゃく》を起こしているのだ。

「あっしにはわかんです。あいつぁ、何かわけがあって、喧嘩に紛れて殺されたにちげぇねぇんだ」

「そう考える証《あかし》があるのか。ただそんな気がするだけでは、どうにもならんぞ」

隼人が首を傾げた。

「隼人の言うとおりだ。幼馴染みが喧嘩で犬死にしたとは思いたくなかろう。気持はようわかる。だがなあ、そうだと言い張るためのよりどころが可愛い女房だけでは、あまりに――」

「でやすからぁ」

勘太郎は目をつり上げて、惣介の話をさえぎった。

「それを、旦那方に探り出してもらいてぇと思って伺ったんじゃねぇですか。証があるなら、とっくのトンビに御番所へ駆け込んでまさぁ」

中腰になって早口でまくしたてる勘太郎の袖《そで》を、理左衛門がそっと引いた。それで我に返ったように、勘太郎は板敷きにぺたりと腰を落した。がっくり首を折ったあとは、声も小さくなった。

「……五十松は頼まれたって喧嘩なんぞする奴じゃねえんだ。逃げ足だって誰にも負けやしなかったし……」

ひととき大人が皆、黙り込んだから、団子に興じる子どもらの声が高く響いた。

「仁も伝吉も、串に気をつけねばいかんぞ。口の中を怪我すると痛いからな」

小一郎が兄貴ぶって世話を焼くのも耳に届いた。それに誘われた風に、理左衛門が子どもたちのほうへと向き直った。唇をにゅっと広げるほっこり温かな笑みを浮かべ、一番近くに居た仁に「おいで」と声をかける。

信乃と違い人見知りがちな仁が、不思議に嫌がる素振りもなく、理左衛門の膝《ひざ》によじ登ってはしゃいだ声を上げた。てきめん隼人の頬がてれんとゆるんだ。目尻も
――間違いなく――二寸は下がった。

「勘太郎さんは、五十松の葬式が済んで以来ずっとこんな調子でして。五十松のことをクヨクヨ考えちゃあ、息巻《いきま》いたり気を揉んだりだ。三度の飯もまともに喉を通らないんですから、体にいいわけがありません。見ちゃいられなくなって、手前も一緒にお頼みに参った次第でございます」

危なっかしく散らばった団子の串を片づけ、伝吉の口の周りにへばりついた醤油

ダレの名残《なごり》を手ぬぐいで拭《ふ》いてやりと、まめに手を動かしながら、理左衛門が小さく息を吐いた。

「これこれの事情で、と確かなところを並べられるわけじゃございませんが。五十松は、いちゃいけないときにいちゃいけない場所にいた。手前は、そんなこったろうと読んでいるのですが――」

「つまり、たまたま付け火（放火）を見てしまった、といったようなことか」

隼人の声つきが鋭くなった。勘太郎がぐっと身を乗り出した。

「ありそうな話でやしょう。付け火とはっきりわかることも、手を下した奴が捕まることも少ねぇが、春は特に火の気のねぇとこから起きる火事が多いんだ。それにねえ、旦那――」

ようやく声が落ち着いてきた。理左衛門が勘太郎の火消し役なのだ。

「町火消の仲間内じゃあ、如月朔日から十一日《じゅういちんち》の火事は、どれも付け火じゃねえかって噂なんでさ。つづけざまにも程《ほど》がありやすからね。五十松は運悪く、付け火の真っ最中に出会《でくわ》しちまった。それで殺《や》られたに違《ちげ》ぇねえ」

理左衛門と勘太郎の推量が当たっているなら、五十松は火事が起きてすぐ、町火消が駆けつけてくる前、町火消同士が乱闘を始めるずっと前、すでに命を落していたことになる。

「よしよし、お前の気持はようわかった、勘太郎。どこまでやれるか知れんが、俺と隼人でちと調べてみよう」

くまに縁取られた目をぎょろぎょろさせ、持参した団子どころか茶にも手をつけない勘太郎を見ては、他に返す言葉もない。


江戸は、諸国諸藩に比べて、異様に火事の多い町だ。

人の数が桁違《けたちが》いなこと、建物が密集していること、火の気を使うことが増える冬に「名物」とも称される空《から》っ風が吹くこと、などなど火事の被害が大きくなりやすい悪条件が揃ってはいる。が、それは火事が頻発《ひんぱつ》することの説明にはならない。

『火事は江戸の華』なぞとうそぶくのも、江戸っ子特有のひねくれた物言いだ。元になったのは、四代将軍家綱《いえつな》の御世《みよ》の老中首座、酒井忠清《さかいただきよ》の『火事は江戸の恥』との言葉らしい。

明暦、寛文と二つの大火をくぐった酒井は、火事を心底憎んでいただろうし、今の世を生きる江戸の武家、町人にしたって、誰も本気で『華』だなどとは思っていまい。幕府は、口やかましく防火の心得を説き、火の用心のための入費《いりか》を、じゃぶじゃぶ町に出させている。

寛保《かんぽう》二年（一七四二）からは、十間（約十八メートル）以上焼けた火事の火元は、押込《おしこめ》——座敷や土蔵に閉じ込め、外との接触を禁じる——の罰を受けるようになった。

三町（約三百二十七メートル）以上延焼《えんしょう》させてしまうと、火元は五十日の手鎖《てぐさり》。火元の地主、家主《いえぬし》、月行事《がちぎょうじ》も三十日の押込になる。さらに消火が遅れた罰として、風上の二町と両脇の二町の月行事も三十日の押込を喰《く》らう。

火事の怖さは身に沁《し》みている。火元になれば刑罰もある。となれば、誰もが火の扱いに用心深くなる。それでいて火事が減らないのだ。取り締まりの手が追いつかないまま放火がしばしば起きている、と考えるのが一番しっくりくる。

「ひとつひとつ整頓《せいとん》してみようじゃないか。まず火元だ」

そう切り出すのに、惣介は、子どもらが団子を平らげ終えてまた細螺おしゃくいに戻るのを待った。小一郎や伝吉は無論のこと、幼い仁と信乃にも聞かせたい話ではない。

「火元は、霊岸島 銀町《しろがねちょう》から塩町へつづく大通りの一画でして。五十松が倒れていたのも、その辺りでさ。で、喧嘩が始まったのは、それよりもうちょいと日本橋川寄りの南新堀町の三丁目でやした」

南新堀町三丁目から塩町までは、ほんのひとまたぎだ。距離にして一町（約百九メートル）にも満たない。

「南新堀町で喧嘩に巻き込まれて大怪我を負い、塩町まで逃げてそこで倒れた――そういう筋書きも成り立つがなあ」

「へぇ。鮎川様の仰《おっ》しゃるとおりで」

返事の中身とは裏腹に、勘太郎の声は焦《じ》れていた。その気持を思いやってだろう。理左衛門がためらいがちに口を挟んだ。

「ですが、傷を負って逃げるのに、火が燃えさかっているほうへ向かうでしょうか。他の道がふさがれていたわけでなし」

「道理だ。逃げてくる者たちの流れにわざわざ逆らって、火の粉と煙の中へ進んだりはせんだろう。怪我をしているのに気づけば、近くにいる連中が引き留めたはずだしなあ」

隼人が力強く同意した。

夜とはいえ、霊岸島一帯は炎で昼間のように明るかったはずだ。おのれのことで手一杯だったとしても、火が燃えているほうへふらふらと歩み入る怪我人を、放ってはおくまい、江戸の町人はそこまで薄情ではない。

「十一日の火事が不審火《ふしんび》か粗相火《そそうび》か、まずはそこをはっきりさせる。あとは、あの晩、五十松を見た者がいないか聞いて回る。そんなところでどうだ、隼人」

惣介の案にうなずいて、隼人がつけ足した。

「もうひとつ知っておきたいのは、喧嘩の事情だな。火事つづきで、町火消も草臥《くたび》れて嫌気がさしていたろう。乱闘が起きたのもうなずけるが」

町火消はそれぞれ町抱えで、火事のないときには町の雑用をして暮らしている。いざ火が出たとなればいいところを見せて、平時に金をもらっているのは伊達《だて》じゃないと示したいのが人情だ。他の町の火消しより役に立つと思われたかろう。ひるがえって、火事は町火消各組の受け持ち場所なぞお構いなしだ。他の組の受け持つ町へ燃え広がるし、ときには二つの組の分担の境目が火元になったりもする。となると当然、組同士で、どこが先に火事場に駆けつけたか、どこが火消しとして一番活躍したかで競い合いが起こる。消口の取り合いや水の奪い合いで、口論とつかみ合いが起こる。

今回のように狭い範囲で短い間に五度も火事が起これば、憤《いきどお》りや不満が行き場のないまつのる。火消人足の気持も荒《すさ》む。一触即発《いっしょくそくはつ》の状態であったのは間違いあるまい。

隼人はその心模様を汲《く》んだのだが、勘太郎は思わぬことを言いだした。

「それが、喧嘩の口火を切ったのは町火消じゃねえんです。市五郎《いちごろう》ってぇ遊び人が《は組》の火消人足に瓦《かわら》を投げつけて、それで『何しやがる』ってぇことになったんだそうで――」

惣介と隼人が乗り気になって肩の荷が下りたのか、勘太郎はようやく気づいた様子で、出してあった茶をがぶりと飲んだ。

「この市五郎ってごろつきは、松島町《まつしまちょう》の金五郎って野郎んとこに居着いてたクズだそうでして」

勘太郎が茶を飲んでくれたから、惣介も気が楽になって三本目の団子を取った。来る途中の表店《おもてだな》で買い求めてきたそうだが、今どき珍しく串に五つ刺してある。冷めても歯ににちゃにちゃ張りつかないい出来のいい団子だ。真っ黒に焼け焦げて炭になった部分もなく、タレも醤油と味醂《みりん》を塩梅《あんばい》よく使ってる。

縦に持って三ついっぺんに齧《かじ》り取ると、火に炙《あぶ》られた醤油の香りが、ふわっと口いっぱいに広がった。火がなければ火事は起こらない。だが、旨い焼き団子も食べられない。

「松島町とはまた、えらく遠方から出張ってきたもんだな」

惣介が口をもごもごさせている間に、隼人が話を進めた。

「一番《は組》は松島町の受け持ちでやすから、そっちで因縁《いんねん》があって、市五郎が南新堀町まであとを追っかけてきたってぇことかもしれねぇですが」

松島町は、浜町河岸《はまちょうがし》に近い、四方を武家屋敷にくるりと囲まれた離れ小島みたいな町人地だ。霊岸島方面に来ようと思えば日本橋川を渡る。南新堀町までは十三町ほどだから、走ってくれば四半刻。

気に入らないことがあって根に持って追ってきたとすれば、ずいぶんしつこい。野次馬にしてはかなりな遠征だ。もとから南新堀町の近くにいたのかもしれないが、それならそれで、とっぷり日も暮れた宵八つに、宿からずいぶん離れた場所で何をしていたのか気にかかる。

(五十松も同様だ。加賀町から霊岸島まで二十二、三町はあるだろう。恋女房を放り出して出かけていたのは何ゆえだ)

惣介が興味を引かれたのを見透《みす》かしたかのように、勘太郎が畳に額を擦《す》りつけた。

「三年前《めえ》、鮎川様と片桐様は殺しの下手人をあぶり出して、竜吉《たつきち》と権六《ごんろく》を助けてくだすった。今度もどうぞ本当のところを明らかにして、五十松を成仏さしてやっておくんなさい。あっしも懸命にやりやすから、どうかお願《ねげ》ぇしやす」

これだけ持ち上げられれば、『魚の木に登るが如し』だと知ってはいても、邪魔っ気な腹を揺らして大木をよじ登ってやりたくなる。気づけば、明日《あした》の夕刻、宿直《とのい》明けの隼人と早番引けの惣介と勘太郎とで、霊岸島へ足を運ぶ話が出来上がっていた。

「どうぞお気をつけて。ご無理はなさっちゃいけません」

案じる顔で小首を傾げて、理左衛門がやさしいことを言ってくれた。それでようやく思い当たったのだから、野暮《やぼ》な話だ。

「そういやぁ、五日の火事では丸太新道も焼けたんじゃなかったか。《くれない屋》は無事だったのかい」

「売り物は穴蔵に逃がして助かりました。見世は少し焦げまして、まだ修理やら片づけやらが残っております。ご近所には焼け落ちて、仮見世で商いをしているお店もございますので、それに比べれば、《くれない屋》は運がようございました」

理左衛門は愚痴の代わりに笑みを寄越した。忙しい最中《さなか》にこうして見世を抜けられるのだから、理左衛門は《くれない屋》でも、幅《はば》が利く立場なのだろう。

(三)

春真っ盛りの霊岸島は、大川《おおかわ》のほうから心地好く東風《こち》が吹いて、昨日とは打って変わった暖かさだった。火事の後片付けも大方済んで、焼け跡は大半が更地になり、木材だの瓦だの町を作り直す支度が運び込まれている。板葺《いたぶき》の仮見世にも客が来ていた。

それでも、深く息を吸い込めば、潮の匂いに焦げた土の臭いと微《かす》かな血の臭いがまだ混じって、ここで火事と喧嘩があって人が死んだのだと知らされる。江戸城の方角の空が夕焼けに染まっているのさえ、どこやら禍々《まがまが》しく感じられる。

「火付け(放火犯)ってのは、ときとして癖《くせ》んなるようでしてね。そういう奴がひとりいると、似たような刻限に、近い場所で何度も火が出るって聞いてやす。住み処《か》から遠くでやることは滅多になしで、たいていは、酔っ払った勢いで、てめえの住んでるとこの近所に火をつけるんだそうで」

三人で南新堀町を目指す道すがら、勘太郎が《う組》の組頭らしい知識を披露した。

「中には『火をつけたら、むしゃくしゃやイライラがすぅっと治まって、晴れ晴れした』ってなことを白状する輩《やから》もいるそうでして。何を考えてやがんだか」

「そうすると、今度の六回の火事は同じ者が火をつけたのではない、と見込んだほうがよさそうだな」

隼人が、惣介の足に合わせているつもりでちっともそうなっていない速さで歩みながらきっぱり断じて、勘太郎をむっつりさせた。

「なんでです。二日と五日はどっちも三十間堀の近くですぜ。そいから朔日と十一日は昼八つ頃に火が出てるじゃねぇですか」

二日と五日は場所は近いが、二日は暮れ六つに出火、五日は真夜中に燃えだしている。朔日の一件目と十一日はどちらも昼火事ながら、燃えた場所が江戸城を挟んで東と西に大きく離れていた。

六件をすべて付け火だと決めつけ、しかも同じ火付けがやったことだととらえていては、探索の方向を誤る――勘太郎にそう説いて聞かせたかったが、息にゆとりがない。おかげで、隼人が嫌われ役を一人で引き受けてくれた。

「勘太郎。お前が、五十松には何の落ち度もない、付け火を目撃したせいで火付けに殺されたのだ、と思いたいのはわかる。だがなあ、端《はな》っからそれが正しい答えだと決めて、見るもの聞くものすべてをその答えに沿うように解釈していては、『本当のところを明らかに』したいというお前の望みはかなわないぞ」

「そりゃあ、片桐の旦那は五十松を知らねぇから――」

「知らないからこそ、かたよりのない目で見ることができる。霊岸島塩町の火元は、茶漬屋《ちゃづけや》の勝手口辺りだったろう。竈《かまど》が幾つもある場所から火が出たんだ。付け火か粗相火かはわからない。それが『本当のところ』だ」

「ああ、もう説教はたくさんでさ。すまねぇが、南新堀町の自身番でけんもほろろな扱いを受けた言い訳にしか聞こえねぇや」

さすがに「旦那方も大したこたぁねぇな」とは言わなかったが、顔に書いてある。自身番に出向く前、隼人は「町方の脇から首を突っ込むのだから、上手《うま》い嘘をひねくりださねばなるまい。どうでも喧嘩の詳しい様子を聞き出してやる」と張り切っていたのだ。

しかし、南新堀町の端っこで焼け残っていた自身番は、火を寄せつけなかったのと同じ堅牢《けんろう》さで、役目の違う幕臣もはねつけた。家主も店番もはなはだ口が堅かったのだ。

無論、丁寧に応対してはくれた。だが、付け火の疑いがあるかどうかや喧嘩の次《し》第《だい》はもちろんのこと、五十松らしい風体の者を見かけたか否かさえ、教えてはもらえなかった。

おまけに、火元の近所でも、八日の晩に五十松らしい姿を見た者は捜し出せなかった。塩町近辺の住人は、焼け出されて江戸のあちこちに散ったまま、ほとんどがまだ戻っていなかったからだ。残っている者も、疲れた顔で口が堅かった。こちらは隼人や惣介のせいではないが、勘太郎が焦れるのも無理はない。

「それよっか、次は何をすりゃいいんです」

すっかりふて腐れた勘太郎に、隼人はあくまで辛抱強かった。

「喧嘩をやらかした一番組、二番組、八番組、九番組のうちから、話を聞けそうなつき合いのある組を選んで、五十松を見た者がいないか訊《き》いてもらいたい。各組とも頭取や組頭に厳しいお咎《とが》めがありそうで、ざわついているだろう。そんなところへ幕臣の俺たちが訪ねては、ろくなことにならないからな」

「ふうん。そりゃもっともだ。旦那もたまには人の気持がわかんですねぇ」

「俺も一応、血が通っているからな。あとで惣介の屋敷に集まって、探ったことをつき合わせよう」

「こっちはあれこれ探り出せるに違《ちげ》ぇねぇが、旦那方はどうでしょうねぇ」

捨て台詞《ぜりふ》を残して勘太郎は走り去った。頼みに応じてわざわざ霊岸島まで来てやったのに、好い面の皮である。

「纏持の頃は、もっと道理のわかる男だった気がする。勘太郎の奴、組頭になって傲《おご》りが出たか」

「仕方がないさ。俺も惣介も、五十松の人となりを勘案しないからな。勘太郎にすれば歯痒《はがゆ》いのだろうよ。それになあ、思い込んで突っ走りそうだから、勘太郎には言わなかったが、俺もこの火事は妙だと思う。そもそも火元が勝手口というのが、如何《いか》にも付け火らしいと思わないか」

「思う。家の内外《うちそと》で、一番、人の目につきにくくて、しかも燃えやすい物が置いてある場所だ」

勝手口の傍に薪《たきぎ》を積んでいる家は多い。くず屋に払うための反古紙《ほご》やぼろ布を置いていたりもする。その気になれば付け火はむずかしくない。

粗相火はかえって家の中で起こる。仏壇《ぶつだん》の蠟燭《ろうそく》が倒れたり、置きごたつの炭火にこたつ布団が触れたり、隠居の煙管《きせる》の不始末だったり、名のとおり人が粗相して火を出すことが多いのだ。

二日と五日の火事も怪しい。出火の刻限が離れているとはいえ、場所と日にちが不自然に近いからだ。

江戸には朝から晩まで飲んだくれている者がいくらもいる。酔った勢いが付け火に走り出す最後のひと押しになるならば、刻限のずれは勘定に入らない。同じ火付けが、二日、五日、八日と三日おきに火を放ったことも、充分あり得る。

喧嘩が始まったきっかけも腑に落ちない。瓦を投げたとなると、市五郎は屋根の上にいたと考えるのが順当だが――。

火事場を見物にやってくる野次馬は、年々歳々《ねんねんさいさい》増えるばかりだ。野次馬は火消しの邪魔になる上に、火事場泥棒を働いたり揉めごとを起こしたりと、迷惑この上ない。幕府は手を替え品を替え触れを出して、野次馬を取り締まろうとしてきた。それが功を奏していないのは誰もが認めるところだ。

それにしても、火事場に慣れた纏持を差し置いて素人《しろうと》のろくでなしが屋根に上る、なんてことはそうそうない。

（誰か手引きする者がいないとできんだろう）

もっと単純に、燃え広がりを止めるために引き倒された家の瓦を拾って投げただけかもしれないが。誰かが下絵を描いて、そのとおりに事が運んだ、との疑いは残る。

「なにしろ乗りかかった船だ。勘太郎の気が済むまでつき合ってやるさ。俺だって、惣介が喧嘩で死んだと聞いたら、幾つ証があっても信じやしない。食い過ぎで死んだ、なら証なしでも得心《とくしん》するがなぁ」

「ちぇっ。どさくさ紛れで勝手に殺すな。俺は生きているぞ」

まったくそのとおり、と言わんばかりに腹の虫が大声で鳴いた。

「聞いたか。生きているからこそ腹も減る。そう間もなしに暮れ六つ（午後六時頃）だ。飯を食うぞ。日本橋の方向は、まだ元どおりとはいかんだろう。足を東に向けて永代橋《えいたいばし》を渡るのはどうだ。本所《ほんじょ》回向院《えこういん》門前の泡雪《あわゆき》豆腐なら、たっぷり食べても百文で釣りが――」

しゃべっている途中で、隼人が、惣介の話も腹の虫の嘆きもまるで聞いていないのに気づいた。それどころか、惣介（と腹の虫と泡雪豆腐）を放り出したまま、亀島川のほうへ、永代橋とは逆の方角へ、ずんずん歩き出す。

「そりゃまあ、舌の先でふわりと溶《と》ける『淡雪』とは名ばかりで、少々歯の手助けがいるが、この時季の湯豆腐はおつなものだぞ」

恥を忍んで大声で呼ばわりながらあとを追うと、隼人は南新堀町の外れ、火をまぬがれた湊橋のたもとで立ち止まった。見れば九《ここの》つか十《とお》くらいの小柄な女の子がひとり、怯《おび》えた顔つきでこちらをうかがっていた。

近づくと、顎の尖《とが》った瘦《や》せた子どもである。丸い小さな目をして、低い鼻は胡坐をかいている。赤子の頃から「可愛いね」の言葉とは無縁だったろう。着物は洗いざらしの木綿で、お下がりらしく幅が広めだ。たっぷり肩上げがしてあるが、それでなお裄《ゆき》が余っている。裕福とも縁遠く育ったようだ。

それでも細かく世話を焼いてもらっている証に、髪も顔も着ている物も清潔だった。

「もうすぐ日も暮れるというのに、こんなところでどうしたのだ。連れはいるのか。迷子になったのか。名は何という。住んでいる店《たな》の名が言えるか。言えるなら送って行ってやるぞ」

隼人が子どもの前にしゃがんで、熱心に問いかけ始めた。

いつも信乃と仁を相手にしている隼人からすれば、眉を生やして芥子《けし》坊主《ぼうず》の髪が耳まで伸びた少女は、ものわかったお姉さんと感じられるのだろう。が、実際にはまだ、子どものまっただ中というべき年頃だ。

隼人のことだって、大小を差した侍親爺《さむらいおやじ》としか目に映っていまい。男前かどうかなぞ、子どもには関係ない。信乃と仁が「ちっち」と慕うからといって、どの子どもでも懐くと思ったら大間違いだ。

「おい隼人。そう矢継《やつ》ぎ早に訊いては、答える暇もない。おぬしのように怖い顔をしてあれこれ訊《たず》ねては、縮み上がるばかりだ」

惣介は、てんでわかっていない隼人を叱ってから、とっておきの笑みを女の子に向けた。

「さぞ驚いたろう。いいか、おっかながることはないぞ」

途端に相手は泣きべその顔になってじりっと後ずさり、それから隼人にすがる目を向けた。

「おうちに帰りたい」

隼人が、そらみたことか、の顔で何度もうなずいた。

「そうだなあ。帰りたいなあ。お利口だぞ。で、おうちがどこかわかるか」

「うん、わかる」

子どもは真面目くさった顔で、大きくうなずいた。

「おうちは、本芝入横町《ほんしばいりよこちょう》の鶴兵衛店《つるべえだな》」

「芝か——」

隼人が絶句した。二人とも形無《かたな》しである。

本芝入横町から南新堀町までは一里ほど。高輪《たかなわ》の大木戸方向から江戸の真ん中へ至る東海道《とうかいどう》筋を北へ歩く。

金杉橋《かなすぎばし》を渡り、芝神明宮《しばしんめいぐう》の門前町を左に見て、芝口《しばぐち》で汐留橋《しおどめばし》を越え、三十間堀に沿って木挽町《こびきちょう》を七丁目から一丁目まで。

一丁目の外れで右に折れて、稲荷橋《いなりばし》まで八丁堀《はっちょうぼり》沿いを進み、亀島川が大川へ流れ出る手前に架かる高橋《たかばし》を過ぎ、東湊《ひがしみなと》町《ちょう》の角を右に曲がれば、あとはもう一直線だ。

大人の足ならゆっくり歩いても半刻（約一時間）あれば済む。子どもでも一刻（約二時間）はかかるまい。それにしても、女の子がたったひとりでやって来たとは考えにくい。親か親類縁者に連れられてきてはぐれたのか、この近辺に奉公に出されて里心がついたか――。

「この間の火事は怖かっただろう」

散々、頭をひねった末に思いついた問いだった。

里に帰りたくて矢も楯《たて》もたまらず預けられた先か奉公先を飛びだしてきたなら、そこをあっさりと教えはすまい。教えれば連れ戻されると知っている。そんな歳だ。同時に、十日以上前からこの辺りに居て八日の火事を目にしたなら、素直に「怖かった」とあるいは強がって「怖くなかった」と答えてしまう歳でもある。結果、近所の子と知れてしまうとは気づかずに。

ひるがえって、昨日今日、誰かと一緒に入横町から来たのなら、それらしい返事をするはずだ。

子どもはまた怖《お》じけた表情になった。隼人がにっこり笑うのを見て、ほっとした風で首をこっくりと縦に振る。

「そうか、そうか、怖かったなあ」

隼人が善人ぶってにこにこ笑い、得意気な目線を投げてくる。まったくもって癪に障る。こっちは骨を折って猫なで声を出しているのに、なぜ怖がられるのかてんでわからない。が、ともあれ、この子が十日以上前から南新堀町周辺に居ることは知れた。策《さく》は図に当ったわけだ。惣介は気をとり直した。

「おうちが燃えそうになって逃げたのかい」

「逃げない。北新堀町《きたしんぼりちょう》だもの」

子どもは得意気に日本橋川の向こうを指さした。ようやく今の住み処が知れた。慣れてびくつかなくなってきたのもありがたい。

「そうか、そうか。逃げずに済んだか。住まいも無事でよかったなあ」

「けど、竹川町んときは逃げたの。すぐそばのお店が燃えたから。でも転ばずに走れたし、泣かなかった」

　褒めて欲しそうな顔をしているが、聞いているほうはわけがわからなくなった。竹川町に住んでいて、焼け出されて北新堀町に越してきたのだろうか。

「ふうむ。泣かなかったのはえらいぞ。褒美《ほうび》をやらんといかんな。腹は減ってないか。北新堀町で汁粉でも食うか」

　甘い物を食べさせてやれば、感謝の念が湧いて、惣介のことを「良いお侍」だと思うようになる。気持も落ち着く。食べながらくわしい話も聞きだせる。そんな胸算用の誘いだったが、子どもがたいそう嬉しげにうなずいたから、何やらちとやましくなった。

　北新堀町は日本橋川の北岸で、東西に延びる大きな町である。西側の箱崎町《はこざきちょう》と合わせて、永久島《えいきゅう》と呼ばれる。日本橋川、箱崎川、大川に囲まれ、先っちょがちょん切れた三角の形をした島だ。

　御船蔵《おふなぐら》と御船手屋敷《おふなてやしき》があり、大川側を大名家の中屋敷、下屋敷が占め、河岸には船宿やはしけ宿が並ぶ。

　それでも汁粉屋だって二軒や三軒はあるはずだ。

（泡雪豆腐の前座を汁粉が務めて、悪いわけもない）

腹のうちで決めて、子どもの柔らかい小さな手を引こうとしたところで、湊橋の上から声がかかった。喉が荒れているようなざらざらした塩辛声《しおからごえ》だ。

「おや、ヨシ坊じゃねぇか。どうしたい。日暮れ方だってのに、お師匠《し》さんのお使いかい。早く帰《けえ》らねえと叱られるぜ」

相手の姿をみとめると、女の子――ヨシ坊は、惣介の手をぎゅっと握った。せっかくほぐれかけていた頬が、またこわばっている。向こうは馴《な》れ馴れしい態度でいるが、ヨシ坊はこの男が嫌《いや》なのだ。

黄昏《たそがれ》の中から抜けてきた男の風体を目にして、惣介はヨシ坊がなぜ自分を怖がったか合点《がてん》した。背丈が同じくらいな上に、腹がこんもりと出っ張っている。けれど似通っているのはそれだけだ。男はまだ三十路かそこらの年頃で、ごつごつといかつい顔立ちだったし、呑助《のみすけ》によくある赤黒さが染みついたみたいな顔色をしていた。

女房に愛想を尽かされているのか、独り者で元々かまわない質なのか、四、五日風呂に入っていないみたいな汚れっぷりだ。すでに五合徳利《ごんごうどっくり》くらいは空にしてきたらしく、息も体も酒臭い。

（そもそも俺は、あんなだらしない笑い方はしないぞ）

惣介が、男と自分の違いをどうやってヨシ坊に納得させるか首をひねっている間に、隼人は男と話し始めていた。

「迷子かと思うて声をかけたのだが、近所の子であったか」

「へぇ。ヨシってぇ名で、橋の向こうの、てるさんてぇ女髪結《かみゆ》いんとこに弟子入りしてる子でさぁ。秋に芝から来たんですけどね。年が明けてやっと九つだってのに、親と引き離して、可哀想なこってさ。ったく。やってられねぇ」

男は八蔵《はちぞう》と名乗ってから、ヨシの前にしゃがんだ。

「なあ、ヨシ坊。芝へ帰《けえ》りてぇだろう。八蔵が連れて行ってやろうか」

あやしているつもりだろうが、元の人相が悪い上に酔っているから、子どもにははなはだ迷惑な相手だ。親切な申し出も涙ぐましい愛想笑いも甲斐なく、ヨシは八蔵にくるりと背を向けて、隼人にしがみついた。

「あっれ、こりゃめぇった。こっちへ来たばっかしの頃は、顔を見かけりゃ笑ってくれたし、八蔵おいちゃんつって寄ってきたし、懐いてくれてたんでやすが。どうしちまったかなあ」

八蔵は困惑の体《てい》で立ち上がると、惣介と隼人を代わる代わるに見比べて言い訳を並べた。

「酒を飲み過ぎるからじゃないのか。そう臭くては、子どもに嫌われる」

歯に衣《きぬ》着せず指摘してやると、八蔵はむっちりした肩をすぼめて、あたふたと両方の袂《たもと》を嗅《か》いだ。

「そんなに臭いやすか。こいつぁいけねぇ。ヨシ坊、おいちゃん、臭かったかい。わりいことしちまったな。許してくんな」

見た目はともかく、人は悪くなさそうだ。

「送り届けてやろうと思うが、ヨシのお師匠さんの家はどのあたりだ」

と隼人が訊いたのにも、熱心に返事をくれた。

「え〜と、そいつぁ、ちょいと待ってくだせぇよ……てるさんちは、あっしの長屋の表っかわなんだ。そいだから、湊橋を渡ったら、まっつぐ行ってふたつ目の角を右でさぁ。で、次の横丁を左に抜けるのが近道で、そうすっと、ちょいと大きな通りに出やすから——」

熱心すぎて回りくどいのが玉に瑕《きず》だ。酔っ払いのくどくどした道案内を辛抱しているうちに陽が沈んでいった。

（四）

「気をつけてくだせぇよ。左に曲がっちまうと箱崎町だぁ。けど左の道をしばらく行くと筆屋《ふでや》がありやしてね。そこの看板娘ってのが、そりゃあもう別嬪《べっぴん》でさぁ」

八蔵はいらぬことまで教えてくれて「ヨシ坊を頼んます」としつこく頭を下げ、少しふらつく足で離れていった。ヨシはずっとうつむいていたが、八蔵の背中が充分小さくなったところで、小さく息を吐いた。

「約束だから、汁粉は食おうなあ。だが、まず先に、お師匠さんの許しをもらわねばなるまい」

隼人に言われて、ヨシは唇をへの字に結んだ。入横町の『おうち』には帰れない。そう察したのだ。

幕臣だからといって、町人の世話になっている子どもを好きに連れ回すことはできない。勝手に親元へ帰してやるのも無理だ。てるがヨシの行方を案じて捜していることもあり得る。

「上手に話してやるからな。叱られることはないからな」

言い聞かせて三人で歩き出してすぐ、惣介はぎくりとして立ち止まった。

「隼人。お師匠さんの家へ送っていって、汁粉を食わせて、だけでは済まんようだ」

つづきはヨシに聞かれないように、ひそめた声になった。

ヨシの袂に付木《つけぎ》と蠟燭が入っている。惣介の鼻がそう知らせていた。ここまで気づかずにいたのが、我ながら不思議だ。

ヨシが北新堀町に来てから、周辺で火事が相次いでいるのだ。霊岸島塩町が目の前なのは言うまでもない。朔日の火元である神田三河町にしたって、二日と五日の三十間堀辺りにしたって、子どもの足でも四半刻あればたどり着いて釣りがくる。付木の端切れに硫黄《いおう》を塗った付木も蠟燭も、火種がなければ用をなさない。それでも、この二品《ふたしな》が着物の袂に入っているとなれば、調べる要がある。

八蔵から聞いた道は細かい路地や横丁を抜けるややこしいものだった。迷いつつもどうにかたどり着いてみると、小ぎれいな三軒長屋の角に人待ち顔の女が立っていた。青ざめた頬とヨシを見つけた瞬間の目の輝きを見れば、確かめるまでもなく、それが髪結いのてるだと知れた。

てるは下駄《げた》を鳴らして駆け寄ってくると、惣介も隼人も放ったらかしたまま、ずいぶんな勢いでヨシを叱り飛ばした。けれど、親代わりならそれが当たり前だ。「おや、いなくなったのも気づかなかったよ」なぞと言うなら、そっちのほうがよほど心配だ。

それからようやく、惣介と隼人に礼を言って、ここまでの経緯《いきさつ》を訊ねた。八蔵の名を聞いて眉をひそめたが、これもまた、大事の弟子が酒飲みの知り合いに絡まれかけたと解釈したのなら、当然の反応だろう。

惣介がヨシに汁粉を食わせたいと持ちかけると、てるは二つ返事でうなずいた。そうして、てきぱきと振り売りの汁粉屋を呼び寄せ、自前の鍋《なべ》にたっぷりと買い求めた。

「汁粉が食べたくてふらふら出てっちまったのかい。しょうがない子だね。食べたきゃ食べたいと言えばいいんだ。子どもなんだから、それで通んだからさ」

ヨシの手を握って言い聞かせた言葉に情があった。

「そんかし、お豊《とよ》が作ってくれる晩のおまんまも、ちゃあんと食べなきゃいけないよ」

と、釘《くぎ》を刺すのも忘れなかった。

惣介と隼人の手前を取り繕ったわけではあるまい。気前の良さも我が子に対するような接し方も、いつもどおりといった風情だった。

だが、てるが呼び止めた汁粉売りを見て、ヨシはまた身をすくめた。

汁粉売りは、背丈の半分以上もある縦長の箱を二つ、天秤棒《てんびんぼう》で肩にかついで町を流して歩く。前の箱には餡《あん》を入れた鉢と汁粉を温める鍋や七輪が入り、箸《はし》を納めた抽斗《ひきだし》がついている。後ろの箱には汁椀や切り餅《もち》を入れた笊が納まり、加えて椀を洗う水の入った樽《たる》も鎮座《ちんざ》する。

たいそう重い物を一人でかついで、夜の町を売り歩く。そういう商いだ。若くて力のある者にしかできない。ヨシを怖がらせた汁粉売りも二十代半ばの男で、もっさりと太って少々腹が出ていた。

「こんな風に腹が出っ張った奴に、ひどく殴られたかどうかしたのか」

おのが腹をぺちぺち叩きながら訊ねてみたが、ヨシは小ぶりな口を結んで首を横に振っただけだった。

「今どきの女はねぇ、手に覚えがあれば無事で世間を渡っていけんですよ、旦那。髪結いなり仕立屋《したてや》なり産婆なり、なにしろ腕が良けりゃあ真っ当に暮らせるんだ。

あたしも、ヨシや姉弟子《あねでし》のちゑをみっちり仕込んで、独り立ちできるようにしてやりたいんでござんす」

　てるは、惣介と隼人を長火鉢の正面に招き、自分はその脇にしりぞいて、さばさばした声音でしゃべりながら、汁粉に入った餅を豪快《ごうかい》にかみ切った。

　四十路も近いのだろうが、大柄でふっくらしているから皺が目立たない。髪結いらしく小さめの銀杏《いちょう》崩しを小粋《こいき》に結って、なかなかの女っぷりだ。

　亭主なしで――「祝言の真似事は二回やりましたけど、男はもう懲《こ》り懲《ご》り」と当人が語った——表通りに面した三軒長屋の二階建てを借り、弟子を取り、暮しの細々した仕事を引き受ける小女《こおんな》まで雇っているのだから、大した甲斐性だ。

　ヨシはと言えば、その小女の豊——二十四、五といったあたりか、八蔵と相長屋の女房かもしれない——と、十三歳くらいの姉弟子ちゑと三人で小さな輪を作って、座敷の隅で汁粉を啜《すす》っていた。

　目の奥にギンと浸みて奥歯が痛くなる甘さの汁粉だ。小豆《あずき》の質が悪いのを、黒砂糖と塩を奮発《ふんぱつ》してごまかしてある。豆の味などいくら探しても見当たらない。

　上戸《じょうご》の隼人はひと口食べて椀を置いた。が、隼人が持て余す汁粉も、ヨシとちゑと豊には口福《こうふく》の極みのようだ。ヨシは満面の笑みになって、さっきの汁粉売りのこともすっかり忘れた風でいる。姉弟子にもよく懐いて、いじめられている様子はない。

「ヨシが竹川町で火事に遭《お》うたようなことを言うていたが、住まいは元から北新堀なのだろう」

てるに負けじと餅をやっつけながら、惣介は念を入れた。竹川町を焼け出されてきたのではない。それはこの家に上がったときから予想がついた。暮しぶりがしっとりと落ち着いていたからだ。引っ越して二十日やそこらだと、こうはいかない。住む者も家財道具も、まだ家と折り合いがついていない感じがするものだ。

「おや、ヨシがそんなことまでお話ししましたか。あんときは、ヨシが『燃えてる、燃えてる』って知らせてくれたんですよ。やっぱし、まだ怖い気持が残ってるんでしょうかねぇ。あれ以来、どうも様子がおかしくて……」

てるが思案顔になった。

「いえね。竹川町に越したご贔屓様から頼まれて、ヨシとちゑを連れて髪を結いに上がっているときに、火事に出会しちまったんです。路地を挟んで東っかわの煮売酒屋が火元でしたから、ヨシもちゑもあたしも煤《すす》だらけになって逃げましたよ。そりゃもう恐ろしいったら」

親元を離れて半年も経たずに、肝を潰すような目に遭ったのだ。芝へ逃げ帰りたくなっても不思議はない。

「麻疹が流行《はや》った上に、霊岸島の火事だ。芝の親が案じて駆けつけて来たろう」

隼人らしい見方だった。仁や信乃が同じ目に遭えば、隼人は役目を放り出してでも馳《は》せ参ずるに決まっている。

「仰しゃるとおり、案じちゃいると思いますよ。けど、閑《ひま》も気持のゆとりも、てんでありゃしませんからねぇ」

てるが椀を下ろして嘆息した。

「ヨシの父親《てておや》は棒手振《ぼてふ》りの青物屋で、なかなか働きもんなんでござんすよ。母親はあたしの妹弟子で、元は髪結いもやってたんですが、なんせ子が多くて――」

話し始めて、てるがふと声を落した。ヨシがこっちを見たからだ。どんなによくしてもらっていても、親が陰口を叩かれて喜ぶ子はいない。

「ヨシの上に姉がひとり、兄がひとり。この子らはもう奉公に出てますけど、ヨシの下に留吉《とめきち》、了太《りょうた》、しめ、末《すえ》と、まだ四人残ってますんで。それで足りずに、もうすぐ産まれてくる子が腹にいましてね」

寺からもらってきた「この子が末っ子」との祈願をこめた名づけも、一向に効き目がないらしい。九尺二間なら親子六人でさえぎゅうぎゅう詰めだ。そこへさらに赤子が加わろうとしている。

（入横町に帰っても、ヨシの居場所はあるまいに）

それでも親兄弟と居たいのだ。その気持が切なかった。

「そうは言っても、夫婦仲がいいのは、子にとって悪いこっちゃありません」

惣介の胸のうちを汲んだかのように、てるが元気の助け船を寄越した。

「八蔵さんの娘みたいに、おとっつあんとおっかさんが喧嘩別れしちまうのも、それはそれで――ま、あたしが夫婦別れのことを四の五の言うのは、おこがましいこってすけどね」

てるは自分を笑う顔になって、襟元をぽんぽん叩いた。

「八蔵さんはねぇ、旦那。腕の良い左官《しゃかん》だったんですよ。それが、怪我が因《もと》でぶらぶらするようになりましてね。今じゃひどい酒浸りだし。それでも、ヨシのことはずいぶん大事にしてくれんです。ちょうど亀《かめ》ちゃんと同い年だもんだから」

亀ちゃんというのが、八蔵の娘の名らしい。てるが、さっき門口で八蔵の名に眉を曇らせたのは、あの酔いどれが気に入らなかったのではない。亀のことを思い浮かべてだった。

結局、どれだけ言っても、てるは汁粉の代金を受け取ってくれなかった。暇《いとま》を先延ばしにしてなおも食い下がっている隼人をおいて、惣介はヨシを戸口まで呼び出した。顔と顔が向かい合うようにしゃがんで声をひそめた。

「竹川町では命からがら逃げ出したのだし、南新堀町が燃え落ちるのを見たのだからなあ。火事がどんなに恐ろしいか、ようわかっているだろう」

ヨシはちらりと惣介の腹に目をやり、助けを求めるように隼人とてるのほうを見返り、それからようやくうなずいた。

「うん。知ってる」

「それからなあ。お師匠さんの家で、飯を作ったり行灯《あんどん》を灯《とも》したりするのは、お豊の役目だろう」

「……そうだよ。ヨシとちゑ姉さんも、雑巾《ぞうきん》がけや表の箒《ほうき》かけはする」

「そりゃあ、えらいなあ。たいしたもんだ。けど、雑巾がけと掃除に、付木と蠟燭はいらんぞ。だからな、袂の中の付木と蠟燭は俺が預かる」

ヨシは惣介の腹を盗み見て、しばらくためらった。それでも結局、しぶしぶながら付木と蠟燭を差し出した。

「ふむ。確かに預かった。いいか、よっく聞け。俺は千里眼だ。ヨシがわずかでも火遊びをすると、ちゃんと気づいてすぐ駆けつけてくる。そうなったら――」

「入横町に帰れる」

「いや違う。俺は火遊びをしたヨシを、山の奥の狸《たぬき》の巣へさらっていく。もう二度と入横町にも北新堀町にも帰さない。狸の嫁になって狸として過ごすことになる」

「……うそばっかし。お武家さんは狸じゃないもん」

「いや、狸だ。もう一人の侍は狐《きつね》だ。二匹して侍に化けて町へ遊びに出たのだ。狐《こ》狸《り》だから、ヨシが考えていることもわかるぞ。ヨシは、今――」

そこまで聞いて、ヨシは小さな目玉をひんむいて家の中へ逃げ込んだ。

思いつく限りおどろおどろしい声を出し怖い顔を作った。ヨシがすっかり怖じ気を震ったのは喜ぶべきことだ。が、子どもが、自分に恐れおののいて逃げていく図は、眺めて楽しくはない。ヨシは腹の出た男をますます嫌がるようになったはずで、それも面白くない。

がっかりした気持をどやしつけるように、暮れ六つの鐘が鳴り出した。

（五）

「また火事になれば、三度目の正直で今度こそ芝から迎えが来るんじゃないか。そう幼い頭で考えて、火をつけることを思い立った。おそらくそれだけのことだ」

宵闇《よいやみ》の道を三十間堀の方角へ歩きながら、隼人が推量した。

「惣介狸にさんざ脅されたから、もうすっかり懲りたろう。汁粉で里恋しさも慰められたようだしなあ」

「そうだとよいが……」

てるには、ヨシが付木と蠟燭を隠し持っていたとは告げてない。下手なことを師匠に打ち明けてヨシの居心地が悪くなっては——と考えたからだ。だが、もし、六回の火事のうち一回でもヨシが付け火をしていたなら、もう二度とやらないとは断じきれない。

『火付けってのは、ときとして癖んなるようでしてね』

勘太郎の科白《せりふ》を思い出せば、ますます不安がつのる。

（今夜、初めて付け火に手を染めることもあり得る）

今頃は、千里眼も狸も大嘘だと気づいて、別の付木と蠟燭を手に入れているかもしれない。

「そう気に病むことはない。惣介が枕を高くして眠れるよう、こうして京橋の火元へ回ろうとしているのだし」

「恩に着せるな。おぬしだって悩ましい気持でいるだろう」

「いいや、俺はこれっぽっちも心配しておらん。市谷念仏坂は言うまでもなく、音羽町も京橋も、霊岸島さえ、ヨシが付け火をするには遠すぎる。子どもはそう易々《やすやす》とは火種を手に入れられんからな」

言われてみれば筋は通っている。

提灯《ちょうちん》も煙管も火打石《ひうちいし》も、火を持ち運ぶ手段はどれも大人の道具だ。子どもが持って歩いていれば奇異《きい》に映るし、取り扱いもむずかしい。ヨシが火をつけるとしたら、今の住まいのすぐ傍だ。竈や火鉢から付木なり蠟燭なりに火を移し、熱くなってくる前に手から離さねばならないのだから。

「しかし、何ごとにも初めはある。今晩、家の者が寝静まったところで、ヨシがやはり芝へ帰りたいと思いつめて――」

「それも手が打ってある」

隼人はやたら余裕綽々《よゆうしゃくしゃく》だった。

「俺はなあ、弥生になったら、八重と仁と信乃を連れて高輪まで物見遊山《ものみゆさん》と洒落込《しゃれこ》むつもりなのだ。子らを浜で遊ばせ、潮干狩《しおひが》りや釣りを楽しむ」

物見も遊山も町人だけの持ち分じゃない。幕臣も、非番に日帰りで、ならどこへ出かけようが勝手だ。

「ご新造孝行で何よりだ。だがそれと――」

言い返しかけて気づいた。

「ふむ。ヨシを連れて行くのか」

「すでに、てるに許しをもらった。ヨシにも、賢く修業に励めば弥生には、と言い聞かせてきた」

前もって決まっていたことではあるまい。今日、今さっき、北新堀町で決めたのだ。

「なあ、隼人。おぬしの親馬鹿も、ようやく世間の役に立つ傾《かたむ》きになったようだ。めでたいぞ」

物見遊山と聞けば、隼人の母の以知代も一緒に行くと言い張るに違いない。そりが合わない嫁姑とやんちゃ盛りの双子を連れての遠出《とおで》だ。考えただけで怖気《おぞけ》立つ。

だがそれは言わなかった。

「屋根船で行くがいいぞ。へそくり金を貸してやる」

せめてもの友のよしみである。

道中、隼人がどんな修羅《しゅら》の巷《ちまた》に落ちるかはさておき、あと半月のことならヨシも辛抱できるだろう。盆の藪入《やぶい》りを待たずに入横町へ帰れるのだ。

肩が軽くなった。と同時に、惣介の鼻に、青竹をすっぱり斜めに切ってそこへ灘《なだ》の冷や酒を惜しみなく注いだような香りが、ふわんと届いた。

「隼人、蛤だ。すぐ傍に蛤鍋がある」

言うのももどかしく、惣介は匂いを追って走り出していた。

東湊町を抜け、高橋と稲荷橋を渡る。香りが人の両手になって、薄闇の向こうから、おいでおいでと差し招いている気がした。隼人がどうしているのか、見返るゆとりはなかった。匂いが、流して歩く振り売りの屋台見世から出ているものならば、一刻も早く追いついて呼び止めねばならない。

鉄砲洲《てっぽうず》浪《なみ》よけ稲荷を背に、南八丁堀《みなみはっちょうぼり》を三丁目まで——。

惣介は休みなく走りつづけた。異《い》なことに、足がよどみなく前へ前へ進む。一向、棒になる気配もない。たどり着いてみると、匂いの元は、京橋川に架かる中ノ橋《なか》の際《きわ》、戸を下ろした表店の前にあった。

ひと所に腰を据えて商いをする、立売りと呼ばれる屋台だ。道端に台つきの戸板を置いた、乾見世《ほしみせ》である。

脇の七輪に炭火が赤く熾《おこ》って、傍に隠居の年頃の男がしゃがんでいた。立売りには珍しく、客が座れるように裏返した樽がふたつ並んでいる。

「ハマ鍋をふたつ、いやみっつだ。それと飯を丼で頼む」

注文を終えて樽に腰を下ろすやいなや、惣介の心の臓はとんでもない勢いで打ち始めた。「持ち主が強《し》いるから仕方なくここまでつき合ったが、本音を言えばとてもあんな無茶な働きができる身ではなかった。酷《ひど》い扱いを受けた」と文句を垂れる代わりに、どこどこどこどこ体の中で飛び跳《は》ねている。

これでもし屋台の亭主から「すいやせん。売り切れやした。今日はもう見世仕舞いでさぁ」と返されたら、間違いなく倒れる。隼人に諏訪《すわ》町まで背負っていってもらうしかない。裁《さば》きを待つ思いで目を閉じる。

蛤なぞ江戸ならどこでも手に入る。旬は春だが、江戸前の海で年中ざくざく取れる。至極安い。ここで逃しても、明日になれば好きなだけ食べられる。わかってはいたが、頭も口もすでに蛤を食べる支度になっているのだ。

「旦那、生憎《あいにく》――」

屋台の亭主が立ち上がって、頭にかぶっていた手ぬぐいを取った。

「飯がありやせん。家の飯びつに残ったのでよけりゃあ、ちょっと入《はい》って持って参りやすが、お武家様相手に、いくらなんでもそれじゃあ――」

「かまわんさ。すまぬが此奴《こいつ》に、お前のとこの飯を馳走《ちそう》してやってくれ」

返事をしたのは隼人だった。返事の中身を呑み込むのにしばらくかかって、それからようやく気づいた。

戸をおろした表店は魚屋だ。乾見世の男は、この魚屋の隠居だろう。だからこそ、真ん前に見世開きしても文句が出ない。暮れ六つを過ぎたあとでも、火を使う立売りを奉行所からお目こぼししてもらえる。

「毎日《まいんち》やってるわけじゃございません。ちっと仕入れを読み誤って売れ残りが出ちまったときだけ、こうしてしばらく稼がせていただいてるようなこって。隠居の小遣い稼ぎですんで、お安くさせてもらってやす」

言い訳とも自慢ともつかない口ぶりで話しながら、亭主は大きな土鍋に笊に一杯分の蛤を放り込み、水を張って七輪に載せた。

蛤鍋はこれで出来上がりだ。

御膳所では水に酒を加えるが、なくてもかまやしない。出汁も塩も醤油も味醂も味噌《みそ》もいらない。蛤から旨味《うまみ》が溶けだして湯がだんだん白くなる。沸き立つ頃に蛤がぽっかり口を開けるから、身が硬くならないうちに次々と平らげる。それのみ。熱々のところを箸で拾って、ふうふう吹きながら身をすすり込む。ついでに貝殻で汁をすくって、これもふうふうやりながら飲む。

同じ二枚貝でも、浅蜊《あさり》には、岩場に張りついた苔《こけ》色の藻《も》の匂いと微かな砂の臭いがある。その磯臭さが浅蜊の持ち味だ。波打ち際の風味とでも言おうか。

蛤の磯の香は薄い。その代わり、身に歯が当たった刹那《せつな》、濃い潮の匂いが喉のほうまで広がる。

浅蜊は生まれてからずっと砂にもぐって過ごすが、蛤は潮の流れに乗って海中を漂うことができるそうだ。そのときに吸い込んだ海の水の記憶が、軟らかな身の隅々まで浸みているのだ。きっと。

二杯目の鍋は丼飯と一緒に出てきた。まだ温みの残った飯に、汁をたっぷりかけてさらさらといただく。胸にあったつかえが、香りの濃い汁とそれを和らげる飯粒に流れて、胃の腑へ落ちていった。

「二日と五日の火事は、この辺りもずいぶんな騒ぎだったろう」

隼人はせっかくの蛤鍋には小指の先ほども興味を持たず、亭主と火事の話なぞしている。

(旨いものを食う楽しみを知らんのは、我が友ながらまことにもって哀れだ)

惣介は、友に一掬《いっきく》の涙をささげつつ、口は丼に預け、耳だけ二人のやり取りに貸しだした。

「へぇ。五日はちと肝を冷やしました。三十間堀がござんしたし風も南向きで、滅多なこたぁあるまいと逃げずにおりやしたが、真っ黒な空に赤い火が幾本も揺れて立ち上がる姿ぁ、何度見ても嫌なもんだ。慣れるってことがねぇ」

「真福寺《しんぷくじ》橋を越えて、こちらへ逃げてきた者も多かったんじゃないのか」

「そりゃあもう、見るのも気の毒な様子で。こっちも他人事《ひとごと》じゃござんせんから、水を飲ましたり、ちょいと冷える晩でしたから褞袍を貸したり……そういやぁ、一人だけ、妙なお人がいたなぁ」

亭主が思いがけないことを言い出して、惣介もようやく丼から顔を上げた。

「こちとらも火に追われて逃げるときにゃぁ、身も世もない格好で、顔は半べそ膝はがくがくってな有り様ですが、五日の銀座一丁目の衆もおんなしでさぁ。みんな死に物狂いで走って来ましたよ。そん中でたったひとりだけ、やけに呑気《のんき》に歩いてきた野郎がいましてね」

「そいつはどんな顔をしていた」

惣介は思わず叫んでいた。同時に隼人が、

「そいつは幾つくらいだった」

と訊いた。それから二人で顔を見合わせて、苦笑いした。

五日の火事は真夜中の九つに燃えだした。五日月《いつかづき》は夕暮れに西の空に沈んで、火事の明るさもここまでは届かない。暗がりの中で、亭主に顔つきや年頃が見分けられたはずもない。

「そいつぁ、ちっとわからねぇが――」

案の定、亭主は指で鬢《びん》を掻《か》いた。

「けど、蛤鍋のお武家様とおんなしくらいの背丈で、おんなしような、その、お腹回りの……なんてぇか、ふっくらした男でしたよ。傍を通ったときにぷんと酒の臭いがして、酔っ払ってりゃ火事も怖くねぇのか、と合点したんでやすがね」

惣介は隼人ともう一度、顔を見合わせた。たぶん、同じことを思い浮かべていた。

惣介の腹に恐れおののいたヨシの姿だ。

二日の竹川町の火事は、ヨシやてるがいた家のすぐ傍が火元だった。その火を見つけて『燃えてる、燃えてる』と知らせたのはヨシだ。あれが付け火だったとすれば、ヨシは火付けの姿を見たのかもしれない。

暮れ六つ、遠目《とおめ》。となれば、顔まではっきりわかったとは思えない。蛤鍋の亭主と同様『お腹回り』の『ふっくらした男』と認めるのが、精一杯だったろう。それでも見てしまったことが怖くて、誰にも言えずに出腹に怯えている。

(二日と五日の火事は付け火。やったのは同じ火付け。腹の出っ張った男)

そこまでは、まず間違いあるまい。まともな証もないが――。

「さて、どうする」

隼人が言ったところで、みっつ目の蛤鍋が来た。

「まずはおぬしも蛤を食え。何なら亭主に丼飯をもらうか」

惣介が腰を上げなかったから、隼人も渋々もうひとつの樽に尻《しり》を乗せた。腹ごしらえは、頭をしっかり働かせるための足場だ。隼人はそこのところをおろそかにするきらいがあっていけない。

（六）

銀座一丁目は、町の名に銀座と残っているばかりで、もう銀貨の鋳造《ちゅうぞう》はしていない。鋳造を取り仕切ってきた大国屋《だいこくや》が八代のとき、不都合が発覚した。それで、寛政十二年（一八〇〇）に、鋳造所が日本橋蠣殻町《にほんばしかきがらちょう》に移されたのだ。

今の銀座町は、江戸城の外堀に近い町人地らしく、散らかりがちな裏長屋のない、落ち着いたたたずまいの町並みになっている、いや、なっていた。

火事から半月が過ぎ、町は再建されつつあった。暗がりだからこそ、削ったばかりのおが屑《くず》の匂いや真新しい柱の香り、塗って間もない壁の湿り気を帯びた臭いが際立《きわだ》って感じられる。昼間に見たら、残っていた板葺屋根が桟瓦《さんがわら》に入れ替わっているのがわかるはずだ。

自身番はいち早く建て直されて、青畳の三畳間に家主二人と店番二人それに番人が、決まりどおりに詰めていた。

「何かお心当たりがございますなら、是非お聞かせ下さい」

家主の一人が、当てにする顔で膝を乗り出した。南新堀町とは事変わった扱いである。詰めている者たちが、粗相火と決まれば押込の処罰を受ける身の上なのかもしれない。

「実は手前どもの五日の火事と二日の竹川町の火事は、もしやすると付け火じゃないかと町方の旦那もお疑いでございまして」

町方も惣介、隼人と同じ考えなのだ。

火付けを捕らえるのはむずかしい。勘太郎が話していたように、むしゃくしゃしてだの、イライラしてだの、酔っ払った勢いでだの、大方がその場の成行きで付け火に走る。別の町で嫌な思いをしたのに、そのうっぷんをたまたま通りかかった横丁に火をつけて晴らしたりする。燃えた場所の住人には何の恨みもないことがしばしばだ。原因と結果が離れた場所にぽつんぽつんと落ちているのでは、たぐり寄せるのも並大抵じゃない。

皮肉なことに、火付けが捕まるのは、たいてい、小さな火事やぼやを引き起こしたときである。火が大きくなる前に消し止められたのは、誰かがすぐ出火に気づいたからで、そうなると火付けも逃げる隙がないわけだ。

気づくのが遅れれば、火は燃え広がる。そうなると火付けはとうに姿をくらましているか、野次馬に紛れて騒ぎを楽しんでいるか。捕まえようにも、見た者も証もない仕儀になる。

町方もその下に組織された火付盗賊改方《ひつけとうぞくあらためかた》も、火事を付け火と断じておきながら火をつけた奴を捕まえられなければ、面目丸つぶれだ。それでほとんどの火事は、粗相火として片づけられる。

等々の背景があって、それでもなお町方が付け火を口にしているなら、よほど怪しむべきところがあるのだ。

「火付けと断じるのはなかなかむずかしかろう。目星があるのか」

隼人は用心深かった。

火付けと疑われて町方に捕らえられれば、待っているのは白状するまで終わらない責めだ。

殺しなら、返り血を浴びた着物や使った薬や道具が残る。盗人《ぬすっと》なら、盗んだ品や稼ぎに見合わぬ金が証になる。足跡や忍び込みの手口も捜せる。殺したり盗んだりしたきっかけも、付け火よりは楽に捜し出せる。

付け火は火がその場にあったはずの証を焼き払ってしまう上に、きっかけがたわいないことが多いから、どうしたって、当人の白状だけが頼りになりがちだ。それゆえ無茶な拷問《ごうもん》がまかり通る。

下手にヨシや蛤鍋の亭主の名を出したり、「太り気味で腹の出た奴が——」なぞと口にするのは危うい。惣介だって火付けにされかねない。

「いえ、まだ目星とまでは……ただ、竹川町も手前どもの町も、火元が煮売酒屋でございまして。おまけに両方とも、勝手口の戸板から火の手が上がっております」

霊岸島塩町の茶漬屋と同様だ。

「加えて、二日のときは昼間に、五日は日暮れ方に、それぞれ火元になった煮売酒屋で、客とのいざこざが起きております。どちらの客もずんぐりむっくりした腹の出た男で、散々飲み食いした挙句に代金のことで手代と悶着になったそうでして」

家主に腹を睨まれた気がした。

「そ、それがしではないぞ。二日の昼も五日の夕方も、役目で城にいたからな」

ついつい泡を食った口調になる。言ってしまってから、本当に城にいたかどうか覚えがあやふやなのに気づく。捕らえられたら、責められる前にやってもいない付け火を白状してしまいそうだ。

「いえいえ、お武家様を怪しむなど、滅相《めっそう》もないことでございます。その客は若い町人だったと聞いております」

そこまで聞き出して、隼人はようやく、蛤鍋の亭主が見た男の話を打ち明けた。誰が見たかは言わなかった。そうして、ヨシのことはおくびにも出さなかった。

法度は『火をつけた者を見つけたら、捕らえてすぐに申し出ること。見逃してはならない』だの『怪しい者がいたらきちんと調べて、奉行所へ連れてこい』だのと決めている。

だが、お上の言うがまま杓子定規《しゃくしじょうぎ》に動けば、思わぬ面倒が降って湧く――そう考えているのは、何も町人ばかりではないのだ。

町方がヨシのことを知って、当人やてるを奉行所に呼び出したり、名主や岡っ引きを動かしたりし始めたら、藪からどんな蛇が飛び出るか知れたものじゃない。

自身番をあとにしたのは、宵五つ（午後八時前）近くだった。今日の分の春暖《しゅんだん》はもう売り切れらしく、風がめっきり冷たくなっていた。昼間のお役目の疲れも出て、ヨシではないが諏訪町の組屋敷が恋しい。

「隼人、夜も更けた。今日の探索はそろそろ仕舞いでどうだ。勘太郎が待ちくたびれているやもしれん」

恐る恐る切り出してみたが、隼人の返事はつれなかった。

「勘太郎は、待ちくたびれたら組へ帰るさ。もし彼奴《あやつ》が諏訪町で待っていたとしても、今のままでは大した土産も渡してやれん。俺も惣介も明日は出番だ。今日のうちにできるだけ動いておくに如《し》くはない」

「これ以上いったい何を調べる。腹の出た若い男は、うじゃうじゃいるぞ。このあたりにだってごまんといる。それに腹が出ていると言ったって、俺のように、わずかばかりこんもりしている者から、布袋《ほてい》のごとくぼってりした奴まで、様々だ。絞りようがなかろう」

切々と述べ立てても、隼人は、はかばかしい返事をくれない。仕方がないから、もうひと声、泣いてみる。

「それになあ。おぬしはいつもどおりの刻限に登城だろうが、俺は明日は早番だから、夜明け前に起き出して――」

「わかった、わかった。惣介、おぬしはヨシより聞きわけがないな。せっかく京橋にいるのだから、最後に《くれない屋》に回って、理左衛門に心当たりを訊ねてみるのはどうだ。それにつき合うなら、おぬしがおのれの腹を『わずかばかりこんもりしている』と大嘘に包《くる》んだことは、忘れてやる」

悪くない手だ。

勘太郎の言った『住み処から遠くでやることは滅多になしで、たいていは、酔っ払った勢いで、てめえの住んでるとこの近所に火をつける』というのが本当なら、火付けはこの近辺の奴だ。理左衛門が、付け火をしそうな腹の出た若い男を、それなら「誰それ」と思いつくかもしれない。火元の煮売酒屋で起きた揉めごとについて、自身番の家主よりもくわしいこともあり得る。

「《くれない屋》だけだぞ。それから言っておくが、俺は嘘なぞついていない。この可愛らしい腹がうんと出っ張っているように見えるなら、おぬしの目には霞《かすみ》がかかっているに違いない」

隼人は眉をひょいと上げたのみで、釈明も詫びもなしに、黙って歩き出した。正論に耳を傾けない石頭ぶりは、人の親となってもちっとも改まっていないようだ。

仕方なくついていくと、しばらくして隼人が振り返った。

「惣介、おぬしはあまり気にしていないようだが、ヨシの身の安穏《あんのん》も考えてやらねばならんのだぞ」

「しかし、ヨシは人影を見たばかりで、火付けが目の前にいたって『こいつが』と指さすことはできんのだから……あっ」

「やれやれ。やっと蛤鍋が頭にも回ってきたか」

隼人が呆れるのも無理はない。うかつだった。

火付けが、ヨシのまるで知らない男なら、そもそも出会うことがないのだから心配はいらない。たとえ道ですれ違ったとしても、火付けは、ヨシが自分の腹に縮み上がったのさえ気づかないだろう。

だが、万が一ヨシの身近にいる奴だったなら――。

其奴《そいつ》は、ヨシが自分の腹を見るたびに恐れおののくことに、いずれは気づく。ヨシがびくつくのを、自分が火付けだと知っているからだと受け取る。後ろ暗いところがある分、余計にそう感じるだろう。そうなれば、我が身を守るためにヨシの口を塞《ふさ》ごうとするのは必定《ひつじょう》だ。


丸太新道は、京橋から真っ直ぐに延びる新両替町《しんりょうがえちょう》の通りの西の裏側にあたる。新しくできた道だから新道。並んでいるのも今風の商いをする店だ。ここもまた普請の匂いに満ちていた。

《くれない屋》は、その丸太新道の北の端に見世を構えていた。間口《まぐち》三間（約五・

五メートル）程で、大店《おおだな》と呼べる規模ではないが、一戸建てで軒下に掛け看板もある。夜更けとあってすでに大戸は降りていたが、試しに二、三度叩くと、目当ての理左衛門がくぐり戸から顔をのぞかせた。

「おや、片桐様、鮎川様。こんな遅くまで、勘太郎さんにおつき合い下さってたんでございますか」

穏やかな笑顔に招き入れられると、中はまだ明かりを灯して、小僧が丁稚机《でっちづくえ》に向かって算盤《そろばん》の稽古《けいこ》をしていた。見世はすっかり整って、火事の爪痕《つめあと》はもうどこにもない。

理左衛門は特に困った様子もなく、帳場にいた年配の番頭に声をかけると、すぐに惣介と隼人を案内して、見世と奥の中途に設けた階段を上がった。二階には大小五つの座敷があって、奥から二番目の襖《ふすま》が理左衛門の居室だった。

「片付いておりませんので、お恥ずかしい限りですが」

開ける前に照れ臭げなひと言があったにもかかわらず、四畳半はむさ苦しくなかった。居心地よく散らかっていた。拭き掃除は行き届いているが、隅に置いた文机《ふづくえ》の上には読本や算盤が放り出してある。壁にきっちりと寄せた行李《こうり》に、色の良い平帯《ひらおび》がひょいと掛けてある。といったように。

理左衛門は火鉢の埋《うず》み火をかき起こし、階下から茶の道具を運んできて、とまめまめしく動き回った。

「何か、手前でお役に立つことがございましょうか」

そう訊いてにっこり笑ったのは、惣介と隼人の前に湯気の立つ湯呑みと煎餅《せんべい》の入った鉢を置いてからだった。

隼人が、

「五十松の件にすぐ結びつく話ではないのだが――」

と切り出したときも、口元の辛抱強い笑みは消えなかった。

(知恵を借りに来て、これほど至れり尽くせりにしてもらったことがあろうか)

曲亭馬琴《きよくていばきん》や桜井雪之丞《さくらいゆきのじよう》――惣介と隼人が、これまで手助けを頼んできた、そりゃあ七面倒くさい二人――とは、えらい違いだ。

惣介は、ありがたさを噛《か》みしめながら、遠慮なく煎餅に手を伸ばした。

理左衛門は、煮売酒屋でのごたごたを「知らずにおりました」と言った。付け火をしそうな腹の出た若い男にも心当たりがないと答えた。だが、隼人からここまでの調べのあらましを聞き終えると、思慮深げな目を瞬《またた》いて、思わぬことを口にした。

「ヨシの身の安心、手前におまかせいただけませんか」

目を丸くした隼人と煎餅を食べる手を止めた惣介を交互に見て、理左衛門はにっこり笑った。

「火付けがヨシの顔見知りでないとわかれば、それで良いのでございましょう。それでしたら、少々考えがございますので」

（七）

「とは申しましても、手前だけではどうにもなりません。片桐様と鮎川様のお手をお借りして――」

と、つづいた理左衛門の腹案《ふくあん》につらつら耳を傾けてみれば、『お手を』貸す必要があるのは隼人だけだとわかった。惣介の名を一緒に連ねたのは、理左衛門の心遣いだったろう。

それでも居れば猫の手よりは役に立つ。そうおのれを慰めて、仕掛けの日を二人ともに非番の如月晦日《みそか》、刻限を夕七つと決め、細かなすり合わせをして《くれない屋》をあとにした。

諏訪町に戻ってみると、勘太郎はとうの昔にしびれを切らして引き上げていた。「お世話をおかけしやした。もう旦那方にはお頼み申しやせん」と、いらぬ言伝《ことづて》を残して。

気が短いにも程がある。《う組》が八日の喧嘩に巻き込まれなかったのは、単に傍にいなかったからだと思えてくる。組の先行きがつくづく心配になる。

（とは言うものの、頼まれた五十松の一件には、まだ小指も触っていないのだからなぁ）

役立たずと見限られても、致し方ない話ではあった。

そして、如月晦日、夕七つ。

手はずどおり、惣介と隼人は、北新堀町のてるの家の近くで落ち合った。

すでにてるには事情を話してある。ヨシからは、竹川町で煮売酒屋に火をつける人影を見たこと、ずんぐりした体つきとたっぷりした腹だけで、顔かたちまではわからなかったこと、を聞き出していた。

理左衛門は今頃、てるから教えられた若くて腹の出たヨシの顔見知りを、一人一人訪ねて回っている。「ヨシが知っておりますよ。今日、暮れ六つが鳴ったら、自身番へ申し出るそうです」と耳にささやくためだ。

それが、二十一日の晩に理左衛門が出した策だった。

相手が「何をだ」と訊き返したら、よしんば訊き返さなくとも、「おや、いけない。お人違いでございました」と詫《わ》びて別れる。ささやかれたほうに心当たりがなければ、話はそれで仕舞いだ。

が、もし中に付け火の張本人《ちょうほんにん》がいたなら、暮れ六つまでにヨシを亡き者にせんと企《くわだ》てる。少なくとも、てるの家の傍まで様子を見に来る。そこを隼人が取り抑《おさ》えて一件落着──のはずなのだが。

妙手《みょうしゅ》だ、と思うそばから胸が騒いだ。なぜと問われても、答えに窮する。ささやかれた者が、付け火以外のお上に知られたくない隠しごとを抱えていたとしても、動き出せば隼人に抑えられる。終幕は同じだ。それでも……。

(ささやきを聞いた者のうちに、万が一、火付けと盗人がそれぞれいたら。あるいは、火付けと盗人と五十松殺しの下手人がいたとしたら)

北新堀町に来て半年足らずだから、ヨシの顔見知りは多くない。その中で若くて腹の出た男となると、一段と数が減る。

理左衛門が訪ねる相手は、北新堀町では、麻疹のときに面倒みてくれた医者と二十一日の汁粉屋と八蔵を含めて、十一人。その他の近隣では三人。たった十四人の中に、三人も咎人が、火付けと盗人と人殺しが、いるとは考えられない。それでも……。

「――おい、惣介」

思案の内に、隼人の声が割り込んできた。気づかずにいたが、さっきからずっとしゃべっていたらしい。

「聞いていなかったのか。仕様のない奴だな」

隼人ががげんなりした顔になった。

「もう二度と言わんぞ。よっく聞け。俺と惣介が門口に仁王立ちしていては、火付けがヨシを狙《ねら》いに来ても逃げてしまう。今のうちに隠れて様子を見るに如くはない。俺は勝手口を見張る。おぬしは門口のそばに身をひそめて待て。誰か現れたら、俺が来るまで引き留めておけ。いいか。決して、おぬし一人でどうにかしようなどと思うなよ」

「そうガミガミ言わんでも、ちゃんとわかっているさ。だがなあ、隼人。この筋書《すじがき》だが、どこやら危なっかしいと思わんか。俺は、どうも――」

「しっかりしろ。すでに仕掛けは動き出した。まずはこの企図《きと》を押し進めて、上手くいかなんだら別の手立てを考える。それしかなかろう」

言うとおりだ。惣介は深く息を吐いて、おのが頰をふたつべしべし叩いた。

たかが数日のことながら、季節はたゆみなく前に進んでいた。

暮れ方になっても暖かで、凱風《がいふう》に、どこかの庭で咲いた辛夷《こぶし》の香りが乗ってくる。通りに面した垣根《かきね》の後ろで春を飾る白い花の可憐《かれん》な匂いを楽しんでいるうちに、胸騒ぎはだんだん収まっていった。

小半刻（一時間弱）ほどして、てるの家の前を理左衛門が通った。それを、十四人全員にささやき終えた合図と決めてあった。

理左衛門は、縦長の箱を紺の大風呂敷に包んで背負《しょ》っていた。出商いの小間物屋の格好だ。なるほどあれなら誰の耳にも怪しまれず近づけたに違いない。

通り過ぎながら捜す目で家の周囲を見ていったが、惣介とは目線が合わなかった。こちらが上手く隠れおおせているしるしで、火付けがやって来ても気づかれずに済みそうだ。

（さて、いよいよだ。来るなら来い）

短く息を吐いて腹に気合いを入れ直したとき、低い垣根の上から酒臭い息と男の声が降ってきた。

「旦那。こないだ、ヨシ坊を助けてくだすった旦那でしょう。そんなとこで、いってぇ何してんです」

おお、八蔵じゃないか、と返しかけて、これこそ自分が待ち受けていた相手《ひっけ》だと心づいた。風下から来られて、自慢の鼻が役に立たなかった。湯屋に行ったばかりらしく、こざっぱりした形《なり》で垢《あか》の臭いもしない。

「八蔵。お前こそ、いったい何をしに来た」

勝手口に回った隼人に届くように、少なくとも家の中でヨシとともに息をひそめているてるには聞こえるように、できる限り大声で返事をする。あとは隼人が駆けつけるまで、八蔵を引き留めて逃がさなければいい。

「そんなおっきな声を出さなくたってちゃんと聞こえやすよ。じつぁちっと……」

言いよどんで、八蔵は垣根の裏へ入ってきた。惣介は、家の戸口と八蔵との間に立ちふさがって、両足を踏みしめた。

「まずは用向きを聞こう。八蔵、用向きを言え、用向きだ」

「いや、あっしは、てるさんに話が――」

「ならん。まずは俺が聞いてからだ。障《さわ》りがなければ取り次いでやる」

「なんだか、お城ん中みてぇですねぇ。えっ、もしかして、てるさん、髪結いの腕を見込まれて、大奥へ御奉公に上がることになったんですかい。それで、あっしとは、もう顔を合わせちゃならねぇってことに」

馬鹿馬鹿しくて臍から力が抜けた。こんな男が、大それた罪をしでかすわけがない。たまたま折悪《おりあ》しく、てるを訪ねて来ただけだ。

（本当の火付けが、どこかで見ているやもしれん。早《はよ》う、こいつを追っ払わねば）

惣介が心のうちで慌てふためいているのも知らず、八蔵は首を傾げてぼんやり突っ立っていた。それから不意に、

「……仕方がねぇ。まあいいか、旦那でも」

とため息ついた。間に合わせでがっかりだ、と言いたげな風情で、もそもそと地べたに這いつくばって頭を下げる。

「恐れ入りやすが、自身番まで付き添ってもらいてえ」

「へっ」

「でやすからね。あっしがこれから自身番へ自訴して出ますんで、一緒に行ってもらいてぇんで。死罪は覚悟の上だが、その前《めえ》に自身番で痛い目に遭わされんのは勘弁だ。お武家さんがいて下さりゃ、自身番も無茶はしねぇでしょうからねぇ」

いる。

声を聞いて八蔵から目を移すと、垣根の脇に隼人が立っていた。厳しい顔をして

「何の自訴だ」

「おや、男前のほうの旦那。それですがね。面目ねぇことですが、二日と五日の火事は、あっしの付け火なんでさ。で、まあ、ひとつ、自訴して出ようかなぁと」

あまりにさばさばした声音だから、戯《ざ》れ言のつもりかと思えてくる。

「ほんとを言やぁ、あっしだって、口を拭《ぬぐ》って知らん顔を決め込みたいとこなんだ。けど、そいだとヨシ坊が安気《あんき》に暮らせねぇんでしょう。いくらあっしがだりむくれでも、ヨシ坊に辛い思いをさせてまで罪を逃れようとは思いませんので」

「では、まことに付け火をしたのか」

隼人の声も戸惑《とまど》っていた。

「まあ、あっしなりのわけもあんです。あの煮売酒屋はどっちも、みみっちいの『み』の字も減らしたがるほど、あたじけねぇ見世でしてね。客を乱離骨灰《らりこっぱい》の踏んだり蹴《け》ったりにしやぁがんだ。で、どうでもやり返さなきゃあ気が済まねぇってんで、ついつい」

火元の煮売酒屋と揉めた若くて太った客、ヨシの見た腹の出た人影。これだけ駒

が揃ったからには、八蔵は正真正銘《しょうしんしょうめい》、火付けなのだ。そう認めるほかはない。

「火付けは大罪だぞ。どちらの火事も、ひとつ間違えれば死人が出た。そうでなくとも、焼け出された者は迷惑をこうむっている。お前も自訴して出れば死罪だ。わかっているのか」

叱りながらも、惣介はまだ半信半疑《はんしんはんぎ》だった。

「へぇ。あっしは賢かねぇが、そいつがわかんねぇほど馬鹿でもねぇです。いや、やっぱし馬鹿だな。ヨシ坊にろくでもねぇ手本を見せちまって。こんなおっとうじゃ、亀も肩身《かたみ》が狭かろう。いなくなったほうがましってもんだ」

八蔵が立ち上がって膝を払った。

「さて、そいじゃあ、参りやしょうか」

隼人が奥歯を嚙みしめる顔で懐から縄を出し、その腰を縛った。三人並んで歩き出そうとしたとき、八蔵はさらに仰天《ぎょうてん》することをつけ足した。

「そいから、八日の霊岸島の分ですが、あれもあっしってことで。そいでかまいませんので」

「かまいませんとは、異なことを言う。どういう意味だ」

隼人が足を止めて問い詰める。八蔵は動じなかった。

「どういうもこういうも、言ったとおりで。八日の付け火も、あっしがやりやした。そんだけです。他に話すこともありゃしねぇ。三回燃やして死罪は一回だ。ちっと得をした気がしやすねぇ」

火付けは火あぶり。それが決まりだ。ただしこの頃は昔と違って、生きたまま火罪に処すことはない。先に絞殺してから、骸《むくろ》に火を放つ。それにしたって、死罪になって嬉しいはずはない。

(理左衛門は、八蔵に何を話したのだ)

二十一日に《くれない屋》ですり合わせたままの科白なら、『八日の霊岸島の分ですが、あれもあっしってことで。そいでかまいませんので』なぞとは言い出すまい。そう思えた。

「自訴して出る気になったのは、お前が知らん顔を決め込んでいると、ヨシが安気に過ごせないと知ったからだな。その話は誰から聞いた。其奴はどんなことを言うた」

我知らず、肩をつかんで揺さ振る口調になっていた。

「小半刻くれぇ前に、長屋へ小間物屋が訪ねて来やしてね。『ヨシが知ってる。暮れ六つが鳴ったら自身番に行く』って教《おせ》えてくれたんでさ。で、こいつぁいけねぇ、と思って、湯屋に行って、浮き世の名残に茶碗酒《ちゃわんざけ》をあおって……てなわけで」

理左衛門に怪しむべきところはない。だが、やはり釈然《しゃくぜん》としないのだ。

「八蔵、お前、八日の付け火も誰かに見られやしなかったか」

垣根の傍に立ち止まったまま、隼人がぽつりと訊いた。声つきで、隼人が惣介と似た思いでいるとわかった。

「さあ。どうでしょうねぇ。あっしは気がつきやせんでしたけど」

「ならば、錺職の五十松とは顔馴染みだったか」

「そいつぁ知らねぇ名前だ。居職《いじょく》には、てんで馴染みがねぇんで」

隼人の短い問いかけも、思うような答えを引き出せなかった。何をどう訊ねれば、どんな返事を聞いたら、納得がいくのか。おのれでもわからなくなる。

思案投げ首の惣介と隼人をよそに、八蔵は見納めの春を楽しむ様子で、長閑《のどか》に辺りを見回した。それから腰の縄に目を落として微笑んだ。

「縄って言やぁ、こうなったのも、京橋の擬宝珠《ぎぼし》のまじないが効いたんでしょうかねぇ」

京橋の北側の擬宝珠に荒縄をくるのは、頭痛を治すためのまじないだ。霊験《れいげん》あらたかだったときには、荒縄を外したあと竹筒に入れた茶の葉を供《そな》える。

「あっしは、怪我ぁしてからこっち、いっつも頭痛《あたまいた》がするんでさ。酒ぇ飲んでも、風呂に入《へえ》っても、治るもんじゃねぇ。で、京橋の擬宝珠に願を掛けたんでやすが。死罪になりゃあ、もう頭痛で転がり回ることもねぇんだから、験《げん》があったってこってすよね」

それっきり八蔵は口をつぐんだ。「お前の代わりに茶の葉を上げておいてやろう」とは、言えなかった。

立ち尽くすうちに、気づけば風が止み、空は茜《あかね》に染まっていた。

第二話　似非者《えせもの》

（一）

植込みがばらばらと音をたてはじめた。また雨脚《あまあし》が強くなったようだ。

鮎川惣介《あゆかわそうすけ》は、絹ごし豆腐を細長く切っていた手を休めて、御広敷御膳所《ごぜんしょ》の窓から外を眺《なが》めた。すっかり見飽きた夜雨《よさめ》が、芙蓉《ふよう》の葉を叩《たた》いている。

（秋湿《あきじめ》りと呼び名はきれいだが、こうしつこくては嫌になる）

雨はすでに十日以上降りつづいていた。どこもかしこもじっとりと湿って、道は田植えができるほどぬかるんでいる。

文政《ぶんせい》七年（一八二四）の葉月《はちがつ》は、来る日も来る日も雨、雨、雨で半《なか》ばを過ぎた。たまに雨が上がっても、薄ねずみ色の雲がべったりと居座ったままだ。夏に後戻りしたような暑さがないのはありがたいが、透きとおる青い空が恋しくもなる。

宵《よい》五つ（午後八時半頃）まで四半刻《はんとき》（約三十分）。遅番の台所人も台所小間遣《こまづかい》も皆、下城して、御膳所には惣介一人である。お役目が終わったあとも残って料理をしているのは、十一代将軍家斉《いえなり》からの召し出しがあったからだ。

文政三年（一八二〇）の春、惣介の料理は家斉からお褒《ほ》めの言葉を賜《たまわ》った。以来、月に一度か二度、ときにはもっと間を置いて、将軍のご休息所である御小座敷へ呼ばれる。

家禄《かろく》五十俵高、御目見《おめみえ》以下の御家人である惣介が、直接、将軍に見《まみ》える。それだけでも、前代未聞《ぜんだいみもん》の仕来《しきた》り破りだ。おまけに、ひと椀《わん》かそこらながら、毒味を通さない料理を持って参じるのだから、上役のお歴々にとっては頭痛の種、癪《しゃく》の種、同輩の台所人たちにとっては妬《ねた》み種《ぐさ》となる。

この召し出しが始まって、すでに五度目の秋だ。が、相も変わらず、下命のたびに御膳所には音のない波風が立つ。

今回も手順はいつもどおりだった。夕餉《ゆうげ》の支度の途中に、御小姓が御膳所に来て、台所組頭――惣介の直属の上役――長尾清十郎《ながおせいじゅうろう》に耳打ちする。長尾が惣介を差し招く。台所人たちが顔を見合わせ、惣介はとぼとぼと長尾の傍へ寄る。

違っていたのは、長尾の態度だ。

いつもなら長尾は、苦虫まみれのおむすび顔で「お召しだ」とつぶやいて、あとは手の甲をしっしと振って惣介を追い払う。しかし今日の長尾は無言のまま、御膳所脇の空き座敷に惣介を連れて入った。

「鮎川もすでに承知と思うが、このところ上様は食が細っておられる」

襖《ふすま》を閉めて向かい合うなり、長尾はそう切り出した。眉間《みけん》に皺《しわ》の寄った険《けわ》しい表情だが、怒っているのではない。これは長尾の生まれ持った地顔《じがお》である。赤子のときからこの顔だったに違いない。

承知も承知。家斉の食欲不振は、文月《しちがつ》の終わり頃から、御膳所全体を悩ませていた。家斉の御膳を調製する台所人は四十名いるが、惣介を含め誰が作った料理もほとんど食べ残されて戻ってくる。朝、昼、夕、すべての膳がその有り様だ。

将軍の食事は不味《まず》いものと相場が決まっている。

賄方《まかないかた》がどれほど材料を吟味し、台所方がどんなに腕をふるっても、毒味を済ませて、冷めたり、ぬるくなったり、硬くなったり、温め直されたりして御前に供されるのだ。冷めた飯、冷えた揚げ物、ぬるくなった刺身、温め直した汁、焼き直した魚――美味《おいし》いはずがない。

それでも将軍は不平を鳴らさず、毎食、決まった分量を食べる。献立にも滅多に口を出さない。

食事の味つけから風呂の温度に至るまで、ひたすら「これで良い」と差し出された状況を受け入れる。支度にたずさわった者たちに余計な責めや咎《とが》めが及ぶのを避けるためだ。

上に立つ者の辛《つら》いところだが、それでこそ世が治まり家臣を束ねられる。将軍の座について四十年近く、家斉もずっとその辛抱をつづけてきた。だからこそ、今回の食べ残しは由々《ゆゆ》しき事態なのだ。

「夏負けで食が進まぬ。許せよ」との仰《おお》せはあった。けれども、雨がつづき足袋《たび》が欲しいほどになっても、料理は依然《いぜん》として残ったまま下げられてくる。

下知《げじ》があって、揚げ物と鳥と貝はひと月近く御膳に載っていない。魚は刺身も、洗いも、すり身も、煮たのも、焼いたのも全敗。青物も炊き合わせ、和《あ》え物、浸し、漬物すべて嫌われた。かろうじて、甘みを抑えて仕上げた玉子と豆腐の汁と飯だけが、家斉の体を支えている。

とはいえ、毎食、飯に汁に玉子では済まされない。然《さ》りながら、お伺《うかが》いを立てても「よきに計《はか》らえ」としか返ってこない。

そんなこんなで、このところ御広敷では、御膳奉行、御賄頭、御台所頭といった面々が、毎日のように額をつき合わせて、ひそひそやっているのであった。

「今宵のお召し出しは、まことに時宜《じぎ》にかない、幸いなことだ」

長尾は、その口から出たとは信じがたい科白《せりふ》を吐いた。

「鮎川、頼んだぞ。どのような御膳ならば召し上がって下さるか、上様にしっかりと伺ってこい」

「無茶をおっしゃいますな。それがし、上様にそのようなことをお訊《たず》ねする立場にはございません」

正直なところだった。御小座敷での惣介は、家斉に温かな一品を差し出し、平伏して話に耳を傾けるだけだ。飼い主の無聊《ぶりよう》を慰める猫。それ以上のものではない。

「なんだ、そうなのか。お気に入りならば、親しくお伺いするくらいできそうなものだが」

長尾は、拍子抜けと侮《あなど》りが入り混じった目線を惣介に向けて、口をへの字に結んだ。当てにして損をした、と言いたげだった。間近で推移《すい》を見ていた上役さえ、五年経《た》ってもこのざまだ。何もわかっていない。ため息が喉《のど》まで上がってきた。

にもかかわらず、言わんでも済むことがつい唇からこぼれた。長尾を含め上役連中が前後に暮れているのを知っていたからだ。

「お伺いすることはかないませんが、お望みを探ることはできるやもしれません」

「ふうむ。おぬしの当て推量ではなあ」

長尾が人の厚意を鼻で吹いた。長いつき合いの上役だ。どんな態度で応じてくるかくらい、読めてもよかった。わかっていないのは、おのれも同様らしい。

ただ、御小座敷に行くまでもなく、惣介に限らず、御膳所の台所人皆が了解していることがひとつある。

（上様は胃の腑《ふ》のお加減が悪いのだ）

無論、上役たちもそう考えているに違いない。だが、それを声にして許されるのは、家斉当人と御典医《ごてんい》だけだ。

「将軍病む」の知らせは、江戸城の根太《ねだ》を揺るがす。各大名家の思惑もうごめき出す。おのれの体であっても、家斉はそう気軽に「どうも胃の腑の具合が悪い」とは口走れない。気の毒な身の上なのだ。

宵五つと指図を受けて御膳所に戻ったときには、惣介は別山焼《べっさんやき》を御小座敷に届けようと決めていた。なぜこの名がついたのか惣介も知らないけれども、別山焼の材料は、豆腐、握り飯、しっかり出汁《だし》を取った温かい汁と、どれも胃の腑にやさしい。そこに醤油《しょうゆ》、焼いた味噌《みそ》、割り胡椒《こしょう》の食欲をそそる香りが加わる。

ぶっかけうどん豆腐という料理がある。絹ごし豆腐をうどんのように細長く切り、うどん同様にさっと湯を通し、煮返した醤油をかけ、大根おろし、葱《ねぎ》、花鰹《はながつお》といった奴《やっこ》豆腐の薬味《やくみ》を添えて食べる。

別山焼も似た趣向で、かけうどんのうどんを豆腐に置き換えたものだ。ぶっかけうどん豆腐の薬味抜きを煮込みにし、それに味噌を塗って焼いた握り飯を浸す。将軍の正式な膳には決して上らないが、体も心も温めてくれる旨《うま》いひと品だ。

長尾から『今宵のお召し出しは、まことに時宜にかな』っているとお墨付きが出ている。惣介は、夕餉の片づけが終わるのを待たずに、飯を炊いた。出汁をいつもにも増して丁寧に取って、酒と醤油ですまし汁より濃い目に味をつけた。

その間に、同輩は三々五々下城していった。誰からも格段《かくだん》、挨拶はない。特別扱いが気に入らない向きもあるし、かける言葉を見つけられずに困った顔で帰る者もいる。この一年ほどは、だいたいそんな風だ。

で、静かになった御膳所で、豆腐を幅四分（約一・二センチ）、厚さ三分で切り揃え始めたところで、雨がざんざん降り出したのだった。

豆腐はもう少し細く薄くしたほうがうどんに似る。だが、それだと箸《はし》に触れて欠片《かけら》になってしまう。どうせうどんみたいにツルツル啜《すす》り込むことはできないのだから、見た目より食べやすさが先だ。

握り飯も、ふっくらとほぐれやすい普段の握り方ではなく、わざとぎゅうぎゅう揉《も》んで滅多なことでは崩れないように作る。上にする面にだけ辛口の味噌を塗る。辛味が胃の腑に障《さわ》ることを考えて、割り胡椒はしっかり細かく砕き香りづけ程度に散らした。これを串に刺して炙《あぶ》る。味噌がほんのり焦げるくらいに焼き上げるのがコツだ。

握り飯を焼く間に、豆腐を煮汁に入れて弱火でコトコトと煮た。

五つ間際《まぎわ》になって、惣介は串から外した焼きお握りを椀に据えた。豆腐を壊さないように杓子《しゃくし》ですくって、椀の縁から流し入れる。汁は、握り飯が沈んでしまわない程度の高さに張る。蓋《ふた》をして出来上がりだ。

中奥《なかおく》の御小座敷は人払いが済んで、雨の音だけが居残っていた。家斉はすでに寝支度の羽二重に身を包み、上段の間で脇息《きょうそく》にもたれていた。

「一向に雨が止まんの」

運んでいった膳を御前に置いたところで家斉から声がかかって、惣介は小さく息を呑《の》んだ。

（上様はいったいどうなされたのだ）

五年の間には様々なことが起きた。が、家斉のこんな弱々しい声を聞くのは、これが初めてだ。

この前お召しがあったのはまだ残暑が厳しい頃で、家斉の食は細っていなかった。このところの食べる量の少なさを思えば、頰《ほお》が瘦《こ》けてやつれたのは予想の範囲内だ。むしろ、五十歳を越えてから顎《あご》につき始めた余分な肉が落ちて、すっきりしたとも言える。だが声は——。

将軍の声は、武家の頭領として天下に号令を発する道具だ。

今の世にそんな武者がいるかどうかはともかく、荒武者《あらむしゃ》どもの士気《しき》を鼓舞《こぶ》する陣《じん》太鼓《だいこ》であり、もつれた評定を刹那《せつな》にまとめる鶴の声でもある。

家斉もまた、辺りを払う重厚な声を持っている。おそらく、生まれながらにではなく、今の立場で生きるうちに自《おの》ずと身についたものだ。その力強い声が影をひそめていた。

だが惣介は、それを指摘する任にはない。猫は猫だ。

「まことに。こう降りつづきましては、民も困っておりましょう。上様もさぞご心痛のことと存じます」

返事をして下段の間に下がろうとするのを、家斉が手で止めた。

「下がらずともよい。傍に居れ」

命ぜられれば従うまでだ。惣介は少し下がってひれ伏した。

「今宵は少し冷えますゆえ、別山焼をお作りしてみました。お口に合いますかどうか」

いつもの家斉なら、即座に椀の蓋を取って箸をつける。しかし、今日はちらりと膳を見やったきりで、すぐに惣介に目線を戻した。

「遅くまで足労をかけたな……のう、惣介。禄《ろく》は足りておるか」

話の接ぎ穂だと考え「過分に頂戴いたしております」と嘘八百を答えかけて、家斉が思いつめた目をしているのに気づいた。直截《ちょくせつ》な返しを期待されている。となると、これほど返事に困る問いもない。

一家四人、食うには困っていない。ありがたいことに借金もない。だがそれは、妻の志織《しおり》が上手く切り詰めてやり繰りしているからであり、『塵《ごみ》』と称して御膳所の残った食材を持ち帰っているからであり、長患《ながわずら》いの病人を抱えていないからだ。

同じ禄高でも、家族が多かったり病んだ親がいたりする者は、禄の不足に苦しんでいる。ここで「充分に」だの「お蔭様で」だの返答してしまうのは、その者たちに対して不実だ。

しかしながら、幕府の歳入《さいにゅう》は、かなりの部分が幕臣の禄に費やされている。幾つかの藩のように、禄の欠配《けっぱい》がつづいて家臣が飢えるようなこともない。

「よい。つまらぬことを訊《き》いた。許せよ。せっかくの椀だ。冷めぬうちに食してみよう」

惣介の困惑を見て取ったのだろう。返事を待たずに、家斉が椀の蓋を開けた。御小座敷に出汁の匂いが広がった。

「豆腐をうどんに見立ててあるのか。細く切ると味がよう浸みて旨いの」

薄茶色に染まった豆腐を箸に載せ、汁を吸って、家斉は目を閉じてほっと息を吐いた。それから握り飯を少しだけ崩し、用心深く口へ運んだ。

「ははあ、味噌と醬油と胡椒がこのように相性がよいとは思わなんだ。ふむ。これはなかなか面白い」

そのあとは、あっという間だった。惣介が茶を淹《い》れ終えたときには、椀は空になっていた。

「惣介、腹がほかほかと温《ぬく》もって、よい心持だ。朝、昼、夕の膳は、見ただけで胸がつかえて箸を取るのも億劫《おっくう》だというに、今はこうして汁ひと滴《しずく》も残さず平らげられる。余は気まま者よのう」

せっかく戻って来た笑みが、また消えそうになる。惣介は深く考えるひまもなく、しゃべり始めていた。

「決してそのようなことはございません。上様の御膳をお作りすることで禄を食《は》んでおりながら、喜んで召し上がっていただけるものをお届けすることもできず、不忠の極みにて――」

「惣介、惣介。いらぬ気遣《きづか》いをするな。食が細ったのはそちらのせいではない。仇《あだ》は、文月に出した一朱金よ。たいそう評判が悪うてなあ。どうしたものかと考えると、胃の腑が重うなって喉が詰まる」

なるほど。

（上様の気鬱《きうつ》の種は、あの小さな真四角の金《かね》か）

悩み疲れているところへ、毎度お馴染みの不味い三食である。残すなというほうが酷だ。

江戸雀《えどすずめ》たちは、どの代の御世にも好き勝手に幕府の悪口をさえずってきた。家斉のことも、巨大化した大奥を手始めに、言いたい放題である。それを気にせずにいられるのは、噂や批判がおよそ的を射ていないからだ。少なくとも言い訳の余地がある。

たとえば「絶倫将軍」「女好き」「大奥で無駄遣い」と非難されたなら、「授かった若君が次々と夭逝《ようせい》したゆえ、丈夫な赤子を産んでくれる側室が求められた。結果、側室が十数人を超えることになったが、今となってみれば、お手つきの御中﨟《おちゅうろう》を落ち度もないのに大奥から追い出すなぞできない」と、言い返せばいい。触れて回る要はない。胸のうちでおのれが納得できるなら、それで気が休まる。

（だが、此度《こたび》の改鋳《かいちゅう》は……）

家斉が将軍の座について以来、貨幣《かへい》の改鋳――鋳直《いなお》しは、今年の文月までで七度。文政元年から三年にかけて、真文《しんぶん》二分金、小判、一分金、丁銀、豆板銀が次々と文政版に改鋳された。そして、今年の如月《にがつ》には南鐐二朱銀《なんりょうにしゅぎん》が鋳直しになった。

これらの改鋳には、これまでの金貨、銀貨が古びてすり切れたから、と名目《めいもく》がある。実際には、貨幣に含まれる金、銀の量を前よりも減らし、差の分を幕府が儲《もう》けて赤字を埋める、というのが隠れた狙《ねら》いなのだが。

明和《めいわ》九年（一七七二年）に南鐐二朱銀が出たときには、幕府と商人との間でずいぶんすったもんだがあった。が、それはすでに収まりがついている。それにまあ、ここまでの六回は、あくまで『金』と名がつけばそこそこ金が入った貨幣、『銀』と名がつけばそれなりに銀が含まれた貨幣だ。たとえ改鋳前の六、七割しか金、銀が入っていなくとも。

けれども最後に出された一朱金は、だいぶん事情が違う。

小さな正方形の板に五三の桐《きり》と一朱の文字を刻んで、金色をしているし扱いは金貨だ。しかしながら、中身は九割方、銀でできている。金はほんの少ししか混じっていない。

こちらにも、目方《めかた》が重いと巾着《きんちゃく》に入れて持ち歩くのに不便で、遠国《おんごく》へ運ぶにも不都合だから、軽く小さくした。と、口実はついている。だが、銀でできた貨幣を金貨と言いくるめるのはやはり無理があって、商人《あきんど》が受け取りたがらない。小さくて失《う》せやすいのも嫌われる。となると、なかなか世間に出回らない。

「世の取り沙汰《ざた》だけなら、さほど苦にすることもないのだがなぁ」

惣介の差し出した茶をごくりごくりと飲んで、家斉は話をつづけた。

「元禄《げんろく》の半ばより十六年にわたって勘定奉行《かんじょうぶぎょう》を務めた荻原彦次郎《おぎわらひこじろう》は、『幕府が金《かね》として認め、そのしるしを施《ほどこ》して流通させるならば、瓦礫《がれき》であろうが紙であろうが、それは貨幣である』と言い放ったそうじゃ。いくらなんでも、紙に一朱と刷ったものが貨幣として通用するとは思わんが――」

胡椒が体を温めたせいか、声音に張りが出ていた。自惚《うぬぼ》れだろうが、惣介猫がお側にいるためもあると思いたい。

「幕府が一朱と刻印を打った正金《しょうきん》が、金《かね》として受け入れられないならば、民は幕府に信をおいていないことになる」

日頃、自身を凡庸《ぼんよう》だと評している家斉だ。民の信が得られていないと目の当たりにするのは辛かろう。

実のところ『一点の曇りもない民の信』なぞ、未《いま》だかつて誰も手に入れたことはない。幻だ。この国に生きる者全員が、将軍なり帝《みかど》なり、幕府なり朝廷なりをあがめ奉《たてまつ》って、文句ひとつも言わなくなるとしたら、それこそ薄気味が悪い。

江戸の町人たちは「さむれぇは、野暮でしょうがねぇ」と口に出し、「両刀《りゃんこ》」だ「浅黄裏《あさぎうら》」だと武士を嘲《あざけ》る。「鯵切《あじき》りなんざぁ、二本差しても怖かねぇ」と啖呵《たんか》を切り、暗に幕府を敵役《かたきやく》に置いた『仮名手本忠臣蔵《かなでほんちゅうしんぐら》』に拍手喝采《はくしゅかっさい》を送る。

安心してそうしている。しても恐ろしい目に遭うことはないと信じているからだ。

一朱金が不人気でも、民の心が幕府への不信に満ちている、とは言えない。金《かね》の件では信用しきれずにいる。それだけだ。今日受け取った一朱金が明日も金貨として通用するかどうか、疑っているのだ。

ただ、それを無礼にならないよう家斉に伝えるのは、なかなかむずかしい。

（さて、どうお慰めしたものか）

惣介が一心不乱《いっしんふらん》に思案している間に、家斉は茶を飲み終え、それからくっくっと笑い出した。

「惣介。罠《わな》に引っ掛かった狸《たぬき》のようだぞ。そう弱り果てた顔をせんでもよい。南鐐二朱銀の贋金《にせがね》がだいぶん出回っていると知れたこともあって、結ぼれておった。だが、そちに話をしたら、たいそう気が晴れた。礼を言うぞ」

いつの間にか、雨音が小さくなっていた。

（二）

「大きな声では言えんが、幕府が金繰《かねぐ》りに苦しんでいるのは、上様のせいでもあるだろう。何しろ大奥が金を食い過ぎる」

片桐隼人《かたぎりはやと》は、奥女中のお守り――大奥の警護、管理とも言う――に草臥《くたび》れた添番《そえばん》らしいことを吐き出した。

せめて贋金の出所だけでも調べられぬものか。御小座敷から下がってすぐそう思いついて、下城の足を四谷《よつや》に向けた。無論、隼人に手伝いを頼むためだ。

だが、袴《はかま》を泥跳《どろは》ねだらけにして、腹を空かせて、伊賀町《いがまち》までたどり着いた挙句《あげく》、隼人から戻ってきたのはこのつれないひと言だった。

指摘されてしまえばそのとおりで、返す言葉もない。おまけに、

「そもそも贋金作りを捕らえるのは町方の役目だ。惣介も余計なことに首を突っ込むな」

と、駄目押しまでされた。

手助けの「手」の字ももらえないまま、とぼとぼと諏訪町《すわちょう》へ帰宅した翌日、昼四つ過ぎ（午前十時前）。小雨の中、来ても嬉《うれ》しくない客が、鮎川家に顔を見せた。

「惣介はん。お昼ご一緒にどうどすか。何やったら御馳走《ごっつお》さしてもらいますし」

目を疑う相手からの、耳を疑う科白である。聞くなり、惣介は台所に向かって声を上げていた。

「志織、志織。真木撮棒《まきざっぽう》を持ってこい。昼日中《ひるひなか》から、狐《きつね》が化かしに来た」
六尺（約百八十センチ）を超える背丈の客は、達磨《だるま》を四角くした顔に、太い眉毛《まゆげ》
とぎょろんとした目と大きな口を載せていた。上物の袷《あわせ》を着流し、半襦袢《はんじゅばん》は縮緬《ちりめん》と、
洒落者《しゃれもの》らしい格好もしている。
見た目は確かに、世継ぎ家慶《いえよし》の正室、楽宮喬子《さざのみやたかこ》の実家である有栖川宮《ありすがわのみや》家が、娘の
江戸暮らしを案じて差し遣わした料理人、桜井雪之丞《さくらいゆきのじょう》だ。
が、雪之丞のはずはなかった。痩《や》せ型の姿から判ずるに狐だ。
この世に幽霊なぞいない。だが狐狸《こり》が幽霊や人に化けることは間々ある。今の世
を生きる武士ならば、誰でもそのくらいは知っている。あり得ない態度の雪之丞が
目の前にいるならば、たとえどれほど本人に似ていても、それは狐か狸に間違いな
い。
「何ですの、いきなり狐て。見とおみやす。どこに尾っぽが生えてますか」
「黙れ、狐狸妖怪《ようかい》。そこに直れ。化けの皮をはいでくれる」
怒鳴り終えた瞬間、境の襖《ふすま》が開いた。襷《たすき》がけの志織が、心張《しんば》り棒を右手に握り締
め、左脇に真木撮棒をかい込んでいる。なかなか頼もしい。
「あれ、桜井様。狐はどこへ逃げました」

腹のうちで褒めたそばから、志織は間抜けをさらした。

「これだから女は浅《あさ》はかで困る。雪之丞の姿はしているが、此奴《こやつ》は似非者《えせもの》だ。そもそも雨の中を雪之丞が出歩くはずがない。小袖に泥が飛ぶのを嫌うからな。加えて『御馳走してもら』うなぞと口を滑らせた。雪之丞なら『御馳走したげる』と言うはずだ」

「浅はかで悪うございました」

志織が、そばかすに囲まれた団栗眼《どんぐりまなこ》をぎゅうと吊《つ》り上げ、ひしゃげた小鼻をふくらました。悔やんだがすでに遅い。このところ夫婦喧嘩《めおとげんか》が減って長閑《のどか》に過ごしていたものを。それもこれも皆、雪之丞狐のせいだ。

「ですけれども、わたくしの考えが浅墓《あさはか》とおっしゃるなら、お前様の目玉は浅香《あさか》の沼でございましょう。あの仏頂面《ぶっちょうづら》をご覧なさいませ。狐ごときに真似できる無愛想さではありません。三和土《たたき》に立っているのは、桜井様ご当人ですよ」

「それこそが狐の証《あかし》ではないか。雪之丞が一度だって玄関から訪ねてきたことがあるか。水口に隠れていたり、門の前に突っ立っていたりだろう」

「あれまあ。そう言われてみれば、ほんに。これ、お前、狐かい。今のうちなら逃がしてやるから、早《はよ》うどこへでもお行き」

言い聞かせながら、志織は心張り棒をかざして一歩前に出た。雪之丞狐はじりっと後ずさったが、逃げる代わりに、つくづくげんなりした風に太息《ふといき》を吐いた。

「たいがいにしとくれやす。沼と墓て、気色の悪いとこが似た者夫婦でよろしおすなあ。睦月《むつき》のことでお頼みごとがありましたよって、真崎稲荷《まっさきいなり》ご門前の《きえのね屋》で御馳走してあげよと思て来ましたのに。お稲荷さんのそばへ誘たからいうて、狐呼ばわりされる覚えはあらしまへん。ほな、さいなら」

他のごちゃごちゃはさておき《甲子屋《きのえねや》》の名前だけは、はっきり耳に残った。田楽料理で名を馳せる料理茶屋である。逃す手はない。

「待て、待て。おぬし、まことに雪之丞か」

「ほやから、さいぜんからそう言うてますやろ」

つけつけと言い返してくる憎々《にくにく》しさが、まさしく雪之丞である。

「ふうむ。これはすまぬことをした。睦月殿のことで頼みと言うたな。そう聞いては放っておけん。どれ、身拵《みごしら》えして《甲子屋》までお供しよう」

むっつり顔の雪之丞狐あらため雪之丞を、勇ましい姿の志織に任せ、惣介は奥に引っ込んだ。

（とはいえ、油断は禁物だ。やはり狐やもしれん）

本物の雪之丞ならなおさら。どこで『御馳走さしてもらう』が『御馳走さしたげる』にすり替わるか、知れたものではない。四年近いつき合いで、何度も痛い目に遭っている。

惣介は床の間に置いたへそくり金隠しの壺から、豆板銀と改鋳されて半年の二朱銀を巾着に入れ、少し迷ったあと、家斉の気鬱の因《もと》であるちっちゃな一朱金を足した。大きな料理茶屋ならば、一朱金も金《かね》として扱ってもらえるのではなかろうか。そう当て込んでいた。

「そらまあ、吉原《よしわら》帰りの客も居てますやろけど。わたしが連れもって行きますし。だいじおへん」

表の間につづく襖の手前まで来ると、雪之丞の得々としゃべる声が聞こえた。真崎稲荷は吉原に近く、門前の料理茶屋が郭通《くるわがよ》いの客を集めて繁盛しているのも知られた話だ。それで志織がつまらぬ気を回したらしい。

（長年連れ添って、俺が食欲の世話だけで手一杯なのも気づかんのか。だいたい、吉原で遊ぶ金《かね》がどこにある）

声に出して言ってやりたいが、言えば面倒が持ち上がって、《甲子屋》に出かけるのが遅くなるばかりだ。

組屋敷の総門を出ると、雪之丞は蛇《じゃ》の目《め》傘《がさ》を差して注意深く歩を進め、路地を江《え》戸《ど》川《がわ》のほうへ曲がった。

（船で行こうというわけか。これは間違いなく雪之丞だ。やれやれ）

惣介はほっと肩の力を抜いて、大男のあとにつづいた。出来たての練り餡《あん》みたいになった道を雨に降られて浅草《あさくさ》まで行こうとするなら、それは雪之丞じゃない。隼人か狐か、どっちかだ。

屋根船に乗り込んだ途端、雪之丞は桐《きり》の足駄《あしだ》を丁寧に拭《ぬぐ》って、矯《た》めつ眇《すが》めつし、それから着物の裾を裏返し表返しして嘆いた。

「ああ、もう。せっかくの唐桟《とうざん》が、わやや。これやから雨はかないまへん。気いつけて歩きましたのに、ほれ、ここもそっちもハネが跳んで」

「おぬしにしては珍しく木綿か。それなら洗い張りで泥も落ちるだろう。そう騒がずとも――」

せっかく慰めてやろうとしたのに、雪之丞は眉を逆立てて、キッと惣介を睨《にら》んだ。

「ほんまもんの舶来の唐桟ですよって。安もんの川越《かわごえ》唐桟と一緒にせんといておくれやす」

泥は湿っている間は手のつけようがない。乾いてから拭《ふ》いて揉んで落とす。キイキイ騒いでいる雪之丞も泥はねと同じだ。しばらく放って置くに限る。濡《ぬ》れた布を揉む代わりに、好きなだけ気を揉んでいればよい。

そう決めてかまわずにいるうちに、船は大川《おおかわ》へ出た。惣介は船端《ふなばた》に寄って、簾《すだれ》をまくり上げた。

大川に陰気な雨が音もなく消えていく。葉月二十八日までは川遊びの時季で、例年なら船が幾艘《いくそう》も浮かんでいるところだ。が、今年はこの長雨である。広がり重なり合う雨粒の波紋だけが、水面《みなも》を埋め尽くしていた。

「ほんまにもう。睦月のおかげでこんな邪魔くさいことまでせないかんようになって、どもならんわ」

雪之丞がぶつぶつつぶやいたから、「浅草で田楽尽くし」以外の用件があったことを、惣介も思い出した。

睦月は京から雪之丞につき添ってきた用心棒である。小太刀《こだち》の使い手で、しかもどうやらくノ一らしい。三十路《みそじ》にはまだ届かない、実に眉目麗《みめうるわ》しい女人《にょにん》だ。傍にいると、小春日和《こはるびより》に南向きの縁側で澄み渡った空を仰《あお》ぎつつ紀州蜜柑《きしゅうみかん》をむいているみたいな心持になる。

雪之丞の言い草を信じるなら、どうも気性に難があるらしい。だが、惣介はまだ実害をこうむったことはない。そもそも雪之丞自身が難の炊《た》き合わせみたいな質《たち》なのだから、他人の気立てをとやかく言える身の上ではあるまい。

「頼みというのは、睦月殿の縁談に関わる話か」

文政三年の暮れに初めて顔を合わせて以来ずっと、雪之丞と睦月は夫婦同然の暮しをしているものと思っていた。それが大きな勘違いだったと知れたのは、去年の春だ。そのときに雪之丞からは、睦月に相応《ふさわ》しい相手があったら是非、と依頼を受けている。

「それそれ。縁談はよろししんやけど、なんやらけったいな雲行きで――」

勢い込んでしゃべり出して、雪之丞はきゅっと口を結んだ。船頭の耳を嫌ってのことだ。

浅草橋場町《はしばちょう》で船を下り、川沿いの通りを進むと、竹垣の向こうに、さっぱりした数寄屋造《すきやづく》りの二階建てが見えた。噂に聞く《甲子屋》だ。

華やかさはないが、大川に面した窓を丸くくり抜いて、吉原通いの通客が好みそうな見世構えである。飛石《とびいし》が感じよく並んで、「いらっしゃいませ」と挨拶しているかのようだ。

あの敷居《しきい》をまたげば、田楽尽くしが待っている。惣介はうっとりと前に一歩踏み出した。

「惣介はん、そっちっちゃいます。そこは《甲子屋》ですやろ。御馳走してもらうんはこっちの見世ですよって」

調子づいた足を、雪之丞が思い切り引っ張って寄越した。見返ると、独活《うど》の大木達磨は、道のだいぶん手前で立ち止まっていた。

「《甲子屋》で奢《おご》ってくれると言わなんだか」

とぼとぼ後戻りして訊《き》くと、雪之丞は口を尖《とが》らしてぎょろ目をさらにむいた。

「ようそんな恐ろし空耳《そらみみ》ができますなぁ。いくらかかると思てますの。惣介はんにそこまでする義理はあらしまへん。《きえのね屋》でお昼ご一緒しましょ、て言うたんどす」

しゃべりながら雪之丞が顎《あご》で差したのは、寺社の門前町にありふれた、どうってことのない茶見世だった。葦簀《よしず》を立てた見世先で豆腐を焼いて売り、畳敷きの台と小上がりを設《しつら》えて座って食べられるようにもしてある。それだけだ。《きえのね屋》

なぞと、見世に名がついているのさえおこがましい。

「これなら何も大川をさかのぼることはなかった。鎌倉河岸《かまくらがし》の《豊島屋《としまや》》で名代《なだい》の大田楽を──」

「世間様の耳っちゅうもんがおす。あしこは京橋《きょうばし》に近いよってあかしまへん」

『あかしまへん』のはこっちだ、と言い返す間もなく、雪之丞は先に立って土間を奥へ進み、小上がりの隅で胡坐《あぐら》をかいた。

「そやし、文句は食べてみてから言うておくんなはれ。面白いもんが出ますよって」

心ばえはともかく、雪之丞の料理人としての舌は信用できる。

（三）

田楽は田楽焼きを略したもので、元々は串を刺した豆腐に味噌を塗って焼いた料理を言う。江戸では一本串を使い、上方や京では二股にわかれた二本串を打つ。《甲子屋》の田楽がどんなものかは見損ねたが、《豊島屋》は見世で自前の豆腐を作り、たいそう大きな田楽を一本二文で売っている。大田楽とも馬方田楽とも。

春ならば味噌に木の芽を少しすり混ぜ、味醂《みりん》、酒、砂糖を加え、ゆるめに練って豆腐に塗る。木の芽のない時季には、焼き上がった田楽に粉辛子《がらし》を溶いて載せる。

この頃は筍《たけのこ》や茄子《なす》、蒟蒻《こんにゃく》や茸《きのこ》なども田楽にするし、茹《ゆ》で玉子や鳥の肉も田楽になる。魚に味噌を塗って焼いたのは、別して魚田《ぎょでん》と呼ぶ。

値段の高い安い、品《ひん》の良し悪し、材料のあれこれはさておき、江戸の田楽は豆味噌（赤味噌）を使うのが決まりだ。

が、《きえのね屋》の田楽には、西京《さいきょう》味噌（白味噌）のタレがかかっていた。

最初に出てきたのは、蓮根《れんこん》と里芋《さといも》。どちらも「新」と呼ぶにはひねているが、まだ旬《しゅん》の時季で、市場に質のよいのが並んでいる。

蓮根は、薄く切って下茹でした後、胡麻《ごま》油で焼いて、鳥の子色のとろりとした味噌ダレが散らしかけてあった。里芋は、皮ごと蒸してからツルリと皮をむいて焼いたもの。半分に切った平らな面に、蓮根と同じタレを載せ、炒《い》り胡麻を振って仕上げている。

胡麻油と焼きたての芋の匂いが、惣介の腹の虫を嬉し泣きさせた。

「お江戸では西京味噌は嫌われもんどすけど、じんわりした角のないお味も、たまにはよろしいんちゃいますやろか。味気《あじけ》ないようやったら、これ使《つこ》てみておくれやす」

雪之丞が自信たっぷりで差し出した小皿には、粉山椒《こなざんしょう》が入っていた。

ようやく熟し始めた今年の山椒の実をよく干して、外れた皮を今さっきすり潰したばかりの粉だ。だからこそ、薄赤紫《うすあかむらさき》色で香りも強い。粉にして日が経つと、褪《あ》せて枯草色になる。普段目にする粉山椒は、そちらだ。

（見世の構えは、今ひとつ、今ふたつ、今三つだが、料理は、雪之丞が贔屓《ひいき》にするだけあって侮《あなど》れん）

惣介は《甲子屋》のことをひとまず脇に置いて、わくわくと箸を取った。まずは山椒なしで味わってみる。

西京味噌のタレは、蓮根と一緒に持ち上げても落ちないくらいのゆるさで、甘めの味つけだった。豆味噌も田楽に使うときは甘みを強くする。豆腐も別山焼のように煮込めばじっくり味が染みこむが、焼いてはそうもいかない。畢竟《ひっきょう》、味の濃いタレが要る。

「豆味噌の田楽はいかつい香ばしさが持ち味だが、西京味噌は西京味噌で、まろやかな甘さの奥に深いこくがある。いいものだな。胡麻油の風味が引き立つ。蓮根のしゃきしゃきした歯触りとも喧嘩にならず、後口も良い」

褒め上げながら蓮根を平らげ、それから里芋を箸で割る。芋の中からほかほかと湯気が上がった。喜び勇んで口に運んだものの、その味は首を傾げる出来だった。

「ふうむ、この里芋は――」

「もったりし過ぎて、お菓子みたいやぁ、言わはるんですやろ。それやったら山椒、試してみておくれやす」

雪之丞は惣介の返事も待たず、粉山椒をひとつまみ、里芋の田楽に振りかけた。鮮烈な香りが弾ける。

「ははあ、なるほど。これはいい。味がきゅっと引き締まる。焼いた芋の香ばしさとほこほこした感触が、いっぺんに前に出てくる。わずかばかりの粉だが、山椒はたいしたものだ」

「そうですやろ。山椒、えらいですやろ」

雪之丞が、我が子を褒められた隼人のごとく、ふやけた顔になった。

そのあとは、椎茸《しいたけ》、しめじ、秋茄子と、旬の青物を田楽にしたのが次々に運ばれてきた。鮭《さけ》と鯛《たい》の魚田がひと切れずつ載った皿が出た。

（御膳所でも、もっと西京味噌を用いたほうがいい）

江戸で人気の江戸《えど》甘味噌《あまみそ》は、神君家康公《しんくんいえやすこう》の「京の西京味噌のように甘くなめらかな味噌を、江戸でも作りたい」との御意向を汲《く》んで、出来上がったものらしい。海路が大いに開かれ、荷物や人の往来が盛んになった今の時代である。将軍の料理に西京味噌を多用して、何が悪かろう。

(茸のたぐいには、格別に西京味噌が合う。山と土の匂いを損なうこともない。晴れやかな甘さも、また一興《いっきょう》)

白身魚の味噌漬けに江戸甘味噌や仙台味噌を使うと、味噌の味が勝って魚の薫りや持ち味が消えてしまう。出しゃばらない西京味噌なればこそ、良い塩梅《あんばい》に漬かる。魚田も同じことだ。砂糖と味醂をふんだんに使った豆味噌のタレは、背の青い魚の生臭さを旨味《うまみ》に替えてくれる。西京味噌のタレは、鮭や鯛の身に隠れた滋味《じみ》を引き出す。

惣介はひたすら食べた。睦月のことも《甲子屋》のこともすっかり忘れていた。雪之丞も相談事とやらを持ち出そうともせず、ひと品ひと品を慈《いっく》しむ顔で賞味していた。

前に座ったのが隼人だと、つまらなそうに淡々と箸を動かす姿が気にかかる。曲《きょく》亭馬琴《ていばきん》と一緒に串物を食べると、自分の分け前をかすめ取られぬよう守るのに手一杯になる。

その点、雪之丞は膳を囲む分には、またとない相方だ。

締《し》めは、菜飯に海苔《のり》としらすの汁、それと豆腐の田楽。ここまですべてタレに西京味噌を使っていながら、豆腐だけは豆味噌のが二本、西京味噌が二本あった。豆味噌のこってりした味に慣れた舌を、西京味噌がしばしゆるりと休ませてくれた。それでまた、媚茶《こびちゃ》色の味噌を載せた江戸風田楽が、ひときわ美味に感じられるのだ。

まことに気が利いている。さらに、豆腐もそこらの田楽に使われるものとは、ひと味もふた味も違う。水も豆もしっかり吟味され、ほど良い柔らかさだ。噛《か》めば豆の香りが鼻に抜け、味噌ダレの風味と舌の上でとろけ合う。見世の造りだけ見て安く値踏みしたのを詫《わ》びたくなった。

「ああ、ひと足もふた足も早ように、口だけ正月さしてもらいました。おおきに」

茶を持ってきた手代に珍しく愛想のいい顔をして、雪之丞は機嫌良く湯呑みを持ち上げた。

(旨いものが心の憂さを晴らし、頼みごとなぞどうでもよくなったのだ。まことに重畳《ちょうじょう》重畳)

惣介が独り合点したのも束の間、手代が離れていった途端、雪之丞は愛想もご機嫌も拭い取ったしかめっ面になって、背筋を伸ばした。

「さて、惣介はん。そろそろ、口だけやなしに耳やら頭やら使うてもらわないけまへん。美味しいもん、ぎょうさん食べたよって、お腹もご機嫌さんやろし」

いつものことながら、恩に着せる口ぶりが面白くない。だが、腹が『ご機嫌さん』なのは当たっている。

「惣介はん、京橋の《くれない屋》っちゅう小間物屋とお知り合いどすやろ。実は、睦月を、あしこのご主人の後添《のちぞ》いにどうや、いう話が来てますのんや」

小上がりに、いきなり面倒の風が吹いてきた。

如月の終わりに付け火を自訴して出た八蔵《はちぞう》は、詮議《せんぎ》の結果を知ることもなく、春の終わりをみることもなく、牢死《ろうし》した。が、八蔵の付け火を表に出すきっかけになった五十松《いそまつ》の死については、半年以上たって未だに何の事情もわからないままだ。《う組》の勘太郎《かんたろう》は、愛想を尽かしたのか、その後ウンともスンとも言ってこない。

隼人は約束どおり片桐家の面々——もちろん以知代《いちよ》も——を連れ、ヨシを伴って、芝《しば》での物見遊山を決行した。そのあと、隼人が惣介に散々泣き言をまき散らしたのはさておき、ヨシは親兄弟に会えて安心したのか、てるの家での暮しにすっかり馴染んだやに聞いている。

《くれない屋》の番頭の理左衛門《りざえもん》は、月に何度か大きな紺色の風呂敷包みを背負って出商いに来る。志織とふみをはしゃがせ、紅だの櫛《くし》だの、ちょっとした無駄遣《むだづか》いをさせていく。商いの邪魔になるからか、すっかり諦《あきら》めたのか、五十松の「い」の字も口にしない。

「いや。番頭とは知り合いだが《くれない屋》の主《あるじ》とは会《お》うたこともない。寡夫《やもお》なのも知らなんだ」

「さよですか。わたしのほうは、奉公人のことは何《なん》もわかりまへんけど、主は幸右衛門《こうえもん》ちゅう名ぁで、今年、三十路やそうです。年格好は、睦月とちょうど釣り合いが取れてますのやけど……」

「気に入らんところがあるのか。ならば、さっさと断ればよかろう。睦月殿ほど美しいおなごなら、何も後添えにならんでも――」

「それ、ほんまに心から思たはりますか」

問い詰められては、返事に困る。

睦月は観音菩薩《かんのんぼさつ》のような美女だが、年頃から言えばすでに行き遅れの中年増《ちゅうどしま》だ。

一刺しで賊《ぞく》の命をえぐり取る小太刀の腕も、まきびしや目つぶしを手際よく使えることも、自慢の嫁入り支度とは認められまい。

「ほれみなはれ」

雪之丞が勝ち誇った顔になった。

「そう嬉しげに威張ることでもないと思うが——」

「別にえらそぶったんやおへん。睦月のお守りしてんのはこっちですよって、えぇかげんなこと言うてもろたら困る、いう話どす。だいたい、睦月の縁組みのことは、前々からせんどお願いしてますのに、惣介はん、ひとっつも動いてくれはらへんし」

言い分はもっともな気もする。睦月が二十代半ばまで独り身なのは、惣介のせいではないのだから、ゆえなく叱られている気もする。せっかく食った旨いものが、胃の腑でしょんぼりしているのだけは確かだ。

「今度ばっかりは気ぃ入れてしっかり働いてもらわないけまへん。お知り合いやいう番頭の理左衛門はんにちゃぁんと話を訊いて、《くれない屋》の内証《ないしょう》向き、主のお人柄、なんでもわかる限り調べて教《おせ》ておくれやす。おたのもぉしましたよって」

惣介に反論するひまも与えず、雪之丞は立ち上がった。馳走《ちそう》した側の強みか、常

にも増して居丈高《いたけだか》だ。美味しく食べてしまったものを今さら戻すわけにもいかず、
惣介は、なし崩しに月下氷人《げっかひょうじん》の重荷をかつぐことになった。

いつもは雪之丞の舌先三寸でいいように使われているのだから、見事な田楽尽くしが頂戴《ちょうだい》できただけましかもしれない。

（とは言えようわからんな。京には睦月の親兄弟もいるだろうに）

睦月はおそらく武家の出だ。江戸の商人に嫁入りさせることを、京の縁戚《えんせき》は良しとしているのだろうか。それともあの美女は、天涯孤独《てんがいこどく》の身の上なのか。

睦月には、隼人ともども窮地《きゅうち》を救われている。

（《くれない屋》の主に嫁《とつ》ぐことが睦月殿の幸《さいわ》いとなるなら、その御膳立てを整えるくらいの義理はある……）

と、そこまで考えて、頭の片隅に何か引っかかった。

（はて、何だ。蒟蒻の西京味噌田楽が、ちとぼやけた味だったことか）

一度そう思い浮かべてしまうと、頭が蒟蒻で埋まって、如何《いっか》な抜け出せない。しかも、惣介が小上がりに残って思案している間に、帳場《ちょうば》で騒ぎが持ち上がった。

「そんなはずおへん。みとぉみやす。ちゃんとした南鐐二朱銀どっせ。贋金て、あんた」

大声の主は、言わずと知れた雪之丞である。

「いいえ。こうして金付け石で擦《こす》って調べたんでござんすから。正真正銘《しょうしんしょうめい》、贋金です」

相手は、帳場を預かる古参の番頭だ。世間で〈白鼠《しろねずみ》〉と呼ばれる、嫁ももらわずのれんももらわず、ひたすら見世に忠義を尽くす奉公人である。腰はかがめていても引き下がりはすまい。

惣介はあわてて、雪之丞と番頭の間に割って入った。

「待て待て。此奴は恐ろしい顔つきはしているが、贋金を使うような悪党ではない。大方、どこかで贋金をつかまされて、気づかずにいたのだろう。ここの払いはそれがしが出す。それで良かろう」

一瞬、すべて雪之丞の策略で、惣介にここの払いを持たせるための芝居か、とも思いかけた。が、四角達磨の顔が強張《こわば》って手が震えているのに気づいて、その疑念は消えた。

「そうは参りませんので。お気の毒様ですけれど『贋金が出たならば、使おうとした者を捕らえて、屹度《きっと》申し出よ』と、お番所から厳しく言われております。今、手代を自身番へやりました。申し開きは、そっちでなすって下さいまし」

番頭が言い切るのを合図に、客の世話をしていた手代や小僧が惣介と雪之丞を取り囲んだ。小上がりにいた他の客まで集まってきた。すっかり罪人の扱いである。この上、食い倒しの咎《とが》まで足されてはたまらない。惣介は巾着から例の一朱金をつまみ出した。番頭は受け取るには受け取ったが、どうにも渋い顔で、礼のひと言どころか釣りもくれなかった。

「惣介はん。わたしが、降り積もったばっかの雪より白い、清い心の持ち主なんはご存じですやろ」

自身番から人が来るのを待つ間に、雪之丞はそうささやいた。そこまで白いか清いかは怪しい。だがこの男は、贋金作りに手を出すほど金に不自由していない。それは知っている。

「贋金やった南鐐二朱銀は、《くれない屋》幸右衛門の巾着からでたもんどす。頼まれて豆板銀と銭に崩したげた気ぃの良さが、悔やまれる。あの見世は贋金作りの根城《ねじろ》に間違いおへん。後添いたらなんたら上手《うま》いこと言うて近づいてきて……なんや、ややこしい奴やとは思てたんですけど」

幸右衛門もまた、知らずに贋金を持っていただけ、とも考えられる。が、濡れ衣を着た雪之丞を助けるには、まずは《くれない屋》をあたり、贋金の出場所を根気よくたどっていくしか道はない。

幸い、贋金作りの疑いを受けているのは雪之丞だけで、惣介は好きに動ける。

「わかった。すぐに手を打って無辜《むこ》の証を立ててやる。短気を起こして、自身番でいらぬ憎まれ口を叩くんじゃないぞ」

釘《くぎ》を刺して、惣介はぬかるむ通りを走り出した。雨はまだしょぼしょぼと降りつづいている。幸いのふたつ目は雪之丞の雨嫌いで、乗ってきた屋根船が夕七つ（午後四時半過ぎ）までの借り切りになっている。無論、払いも雪之丞持ちだ。

（四）

《くれない屋》の主に会い、単刀直入《たんとうちょくにゅう》に問い糾《ただ》す。そのつもりで大川を下《くだ》り、京橋の傍で船を下りた。が、見世の前まで来て、いくら何でもそれは乱暴すぎると思い直した。

雪之丞の言うとおり《くれない屋》が贋金作りだったら、惣介の口を封じて雪之丞に罪をかぶせる手に出るかもしれない。隼人が一緒なら無理も利くが、残念ながら大奥をあやしている最中だ。

「睦月殿には、それがしも妻《さい》もひとかたならぬ世話になっている。此度の話が整うようであれば、是非、主殿にも知己《ちき》を得たいと思うて、こうして訪ねて参った」

青物屋で出盛りの梨《なし》を買って、惣介は《くれない屋》の奥の客になった。つらつらと並べた口上を、向かい合って座った幸右衛門が信じたとは思わない。それでも「頼まれて、縁談相手の人柄を見定めに来たのだろう」と考えてくれれば、騙《だま》せたことになる。

「手前は二代目でございますが、早くにふた親を亡くし、二十五で連れ添った先妻にも一昨年《おととし》死に別れ、子もなく、人との縁の薄い味気ない暮しをしております。睦月様はたおやかなお方ですし、ご縁がうまく結べましたならば、見世の中も華やかになるかと存じます」

幸右衛門の答えは如才なかった。男前というのではないが、細面《ほそおもて》のすっきりした顔立ちで、二代目らしく長閑な目つきをしている。睦月と夫婦になったら、あっという間にかかあ天下で世が治まりそうだ。

「ゆき——桜井殿ともすでに顔を合わせたようだが」

「都の小間物商いの有り様を、色々と教えていただきました。これで女将《おかみ》が京女となれば、《くれない屋》の格もぐんと上がりましょう」

「今でもなかなかのものだろう。番頭の理左衛門が、ときどき我が屋敷に出商いに来るが、良い品を持ってくると妻が褒めておった」

「はい。お蔭様で、働き者の奉公人に恵まれておりますので。睦月様にも決してご不自由はさせません」

当たり前ながら、話は縁談の周りをグルグルしていて、一向に南鐐二朱銀へ行き着かない。仕方なく、惣介は出てもいない洟《はな》をすすって懐紙をだし、しくじったふりで、巾着の中身を畳にぶちまけた。

「おっと、これは粗相《そそう》をいたした。どうも、それがし生来《せいらい》の粗忽《そこつ》者にて」

巾着にあった二朱銀を幸右衛門に拾わせ、もじょもじょと言葉尻《じり》をにごしながら顔つきをうかがったが、特に色が変わる様子もない。

「いえ、いえ。手前なぞは粗忽に輪がかかっております。先だって桜井様がお運びいただいたときには、巾着の中に二朱銀一枚きりしかないのも気づかず、ご一緒に出てしまいまして。桜井様に手間をおかけして豆板銀や銭に――」

「旦那様。理左衛門でございます」

幸右衛門が話をつづける前に、聞き慣れた声がして、閉《た》ててあった襖が開いた。丸顔男前代表の顔がのぞく。

「今さっきまで、諏訪町の御屋敷にお邪魔いたしておりました。まさか見世で鮎川様にお目にかかれるとは」

「訪ねてくれたのか。志織もふみも喜んだろう。雨の日まで出商いとは、ずいぶん精が出るな」

「いえ、出商いは雨の日こそ、でございます。お客様が雨に降りこめられて倦《う》んでおられる。それをお慰めできるのが、小間物屋商いの嬉しいところで」

目を移すと、幸右衛門が笑顔でうんうんとうなずいていた。雪之丞の言う『贋金作りの根城』の気配は、かけらも感じられない。

（やはり、贋の二朱銀は、よそから来て幸右衛門の巾着に入ったのだ。理左衛門に訊ねれば、何か心当たりがあるやもしれん）

火付け騒ぎのときにも、このはしこい男に知恵を借りた。幸右衛門の巾着から雪之丞の懐へ移った贋の南鐐二朱銀が、どこからやって来たのか。理左衛門と組んで探るのが手っ取り早そうだ。

場所を見世の二階の狭い座敷に移して、惣介から残さず事の次第を聞き終えると、理左衛門はすぼめた唇に人差し指を当てて畳に目を落した。

「桜井様は主をお疑いで……そうなると、手前も少々気になることがあります。五十松の女房、染《そめ》の暮しぶりなんでございますが」

お店《たな》が絡む事態とあって、頰が青ざめている。

「亭主が死んで半年、稼ぎに出るでもなく里に戻るでもなく、そのくせ店賃や日々のおまんまに事欠く様子がありません。加賀町《かがちょう》の長屋住まいはそのままですが、着物なぞは、五十松が生きていた頃より贅沢《ぜいたく》になっているようで。そこへたいそうな値段の香を焚《た》きしめて……」

理左衛門がばつの悪そうな顔になって、中途で言い止めた。

「ねだられて、高価な香木《こうぼく》を探してやったのか」

「へぇ、まあ、そんなところで。もちろんお代はもらいましたけれど、いったいどこから金が湧いて出るのか、首をひねったのも正直のところでして」

「五十松が贋金作りに関わっていたと考えれば合点がいく。そういうことか」

「それでございます。染は、贋金作りの奴らから金をせびり取っているのじゃないかと思います」

贋金は一枚や二枚作っても割に合わない。元手と手間がかかるからだ。冶金《やきん》を生業《なりわい》とする職人を抱き込み、加工の場所を設え材料を支度し——その上で、板金《いたがね》をたたき伸ばして形を作る錺職《かざりしょく》が入り用になる。二朱銀にしても一朱金にしても、結局のところ銀細工なのである。

改銭の噂が出たところで口の堅い職人を集め、なるだけ短い間に、できる限り大量に作る。それから、新銀貨通用開始のどさくさに紛れて、極力ばらばらな場所で使う。贋の二朱銀で物や女郎を買い、旨いものを食べて酒を飲む。それで豆板銀や銭の釣りをもらえば、贋金は手許《てもと》から離れ、本物の貨幣《かへい》が巾着に入る。

万が一、お上が出回る贋金に気づいて動き出したとしても、その頃には作業場も職人も気《け》さえ残さず消えている寸法だ。ときにはこっそり始末される者もでる。

何しろ、捕まれば死罪の綱渡りを演じるのだ。ばれないために、金座、銀座で作られる本物にそっくり似せられる錺職が欲しい。

「五十松はそりゃあ腕のいい錺職でしたから、悪い誘いが来ても不思議じゃございません。そういう話につい乗せられる弱いところもございました」

理左衛門が偲《しの》ぶ目になって、二度、三度とうなずいた。

五十松が、恐ろしい法度《はっと》破《やぶ》りを恋女房にだけは打ち明けていたとすれば、染は当然、贋金作りの正体を知っている。そこで口をつぐむ代わりに金《かね》をもらえるよう、話をつけた。だから、働かずに贅沢な暮しが成り立つ。

（なるほど、筋が通っている。さて、五十松が贋金作りをしていたとなると……）

勘太郎の泣きわめく声が、耳によみがえる。

『あいつぁ、何かわけがあって、喧嘩に紛れて殺されたにちげぇねぇんだ』

如月八日《ようか》の霊岸島《れいがんじま》の火事は、一から考え直さねばならない。

（火をつけたのは八蔵ではなかろう）

五十松が仲間割れで贋金作りの一味に殺されたなら、八日の火事もまた贋金作り一味の付け火、と考えるのが自然だ。

「ですけれども、鮎川様」

思いに耽《ふけ》って上の空でいたらしい。名前を呼ばれて顔を上げると、理左衛門が地《じ》蔵眉《ぞうまゆ》を寄せて、困った風にこちらを見ていた。

「愚かだとお思いになるでしょうが、手前には、主、幸右衛門が贋金作りをするとは信じられません」

「愚かではないさ。主を信頼しているからこそ、骨惜しみなく働く気にもなる」

「そう仰《おっ》しゃっていただけると、胸が軽くなります。五十松が出入りしていたのは

《くれない屋》だけじゃございませんし。少しばかりお日にちを頂戴して、染の周りやら他の錺職やら調べてみたいんでございますが」

「敵の正体がわからんのだ。むやみに動き回っては危ないだろう」

「その点はご案じには及びません。勘太郎さんに手伝ってもらいますから」

勘太郎がついているなら、惣介がいるよりはよほど心丈夫だ。

「となると、あとは雪之丞か。まだ自身番に留め置かれておるのだろうか。まさか入牢にはなっていまいが。睦月殿にも知らせを――」

「ああ、うっかりいたしました。それを先にお話しせねばなりませんでしたのに。手前が諏訪町の御屋敷にお邪魔いたしております間に、睦月様が訪ねておいでで」

目端の利く奉公人は、引き合わされずとも縁談相手の顔を見覚えたのだ。見上げたものだが、それならそれでいの一番に睦月が来ていると教えて欲しかった。

(男前でどんなときにも機転が利いて、では出来過ぎだ。手抜かりも可愛げのうちやもしれん)

と許しかけて、ひょいと気になった。

(幸右衛門が贋金作りに手を染めているとしたら、理左衛門が何も知らないなどということがあり得るか)

だが、すまなそうに額をかいている姿を見ると、この男が悪事に荷担《かたん》しているとはとても思えない。

贋金作りばかりではないのだ。友だった五十松を殺し、それを隠すために霊岸島に火を放ち——。町火消《まちびけし》が乱闘を始めるよう、けしかけさえしたかもしれない。惣介は、腹のうちで首を横に振った。

（違うな。むしろ、理左衛門が番頭を務めていることこそが、《くれない屋》の潔白の証だ）

やましいところがあるなら、わざわざ染のことを言い出したりはするまい。そこまで考えて、思いついたことがあった。

「勘太郎を引っ張り出すなら、ついでに調べてもらってくれ。火元の茶漬屋の向こう三軒両隣が何を家業としていたか、知りたい」

あらぬ疑いを晴らす証を見つけたらすぐに橋場町へ取って返す——つもりでいた。が、手に入ったのは微《かす》かな手がかりだけだ。うまくすれば、睦月がまだ諏訪町で待っているかもしれない。先《ま》ずは諏訪町、そう決めて船頭に頼んだのが当たった。

江戸川縁から組屋敷まで、傘も差さず単衣《ひとえ》を泥だらけにして走った甲斐《かい》があって、睦月は惣介の家の表座敷に清楚《せいそ》な姿で座っていた。雪之丞が無事、解き放ちになったと、知らせの土産もついて来た。

「鮎川様にえらいお世話おかけしてしもて、かんにんどっせ」

観音菩薩にそうやって三つ指をつかれると、橋場町と京橋をあと三回くらい往復してもいいような心地になる。もちろん船を使って。

「いや、それがしにお気遣いは無用だ。睦月殿こそ、さぞかしご心痛でござったろう。思いの外、早う嫌疑が晴れて何よりでしたな」

茶の替えを運んできた志織が、笑いを堪《こら》える顔で額に横皺《よこじわ》を寄せ、目をきょろつかせていった。

おのれでも、よくよく承知だ。

惣介は、睦月の前に出るとなぜか取り逆上《のぼ》せてしゃちこばってしまう。もうひとつ。睦月の顔を見ると、訊きたいことも訊けなくなる。今日に至るまで睦月がくノ一かどうかあやふやなままなのは、そのせいだ。

今しも不審《ふしん》に思っていることがある。

（雪之丞が《きえのね屋》で贋金作りだと疑われたとき、睦月はすぐ近くにいたのか）

そうでなければ、解き放ちの話を諏訪町へ運んでくるのが早過ぎる。

惣介が船で京橋に向けて出発した直後に、然《しか》るべき立場の人物が《きえのね屋》に現れて雪之丞の素性《すじよう》を証立てる。睦月が傍でそれを聞いていて、別に待たせてあった船で諏訪町へ知らせに来る。くらいの段取りの良さだ。

「それがしが《きえのね屋》を離れてすぐに、まことの贋金使いが捕らえられたのですかな」

訝《いぶか》しむ気持を真っ直ぐ口に出せないから、遠回りな訊ね方になった。

「まだ、そこまでは……運のええことに、お城で雪之丞はんを買うてくれてはるお偉い方が、《甲子屋》で虫聞きの会に出たはったんどす。それで贋金作りやぁいう疑いはのうなって、自身番へも行かんと済んだんどすけど。そのお方から、お沙汰があるまではお城へ上がらんでよろし、て言われはったそうで。もしかしたら雪之丞はん、京へ帰されるかもしれまへん」

観音菩薩の眉が曇った。長い睫毛《まつげ》が白い頰に影を落すのを見れば「で、睦月殿はその間、どこにおられたのです」とは、訊きづらかった。

「雪之丞はんは『そんならそれでかまへん』て、気楽とんぼな顔したはりますけど、ほんまはお江戸におりたいはずやと思うんどす」

今度は惣介の胸のうちに薄い影が差した。

雪之丞は幕臣ではないが、西の丸のお抱え料理人だ。その立場にありながら、贋金に気づかなかったばかりか、呑気《のんき》に使おうとしたのだ。面目丸つぶれを絵に描くときの手本みたいな話で、そんなでくの坊は都に送り返せ、と声が上がっても当たり前である。

（何かと癪《しゃく》に障《さわ》る奴だが……）

江戸からいなくなったら、それはそれで物足りない。

「贋金作りを捕らえるため、それがしも少々手を打ってきた。隼人にも手伝《てつど》うてもらうつもりだ。調べに目処《めど》が立ったら、雪之丞は罠《わな》をしかけるためにわざと贋金を使ったのだ、と届け出ればいい。褒められこそすれ、西の丸を追われるようなことにはならんでしょう」

雪之丞を江戸に残すほうに考えがいって、睦月の立場を慮《おもんぱか》るのを忘れた。

「いや、しかし……縁談のお相手の《くれない屋》幸右衛門の名が上がっているゆえ、睦月殿にはちと――」

「あれは、雪之丞はんが勝手に騒いではるだけどす。何でかしらん、早ようどこなと嫁に行けぇて、せんどうるそう言わはって。かないまへん」

雪之丞にしてみれば、睦月は京からの預かりものだ。それが自分の用心棒をしながら、だんだん行き遅れていく。気が気でないのもわかる。

「そうかて、浮き世には色恋や婚礼より面白いことがいくらでもありますやろ。お嫁に行って窮屈な思いするより、好きなだけ小太刀の稽古《けいこ》してたほうが性に合《お》うてますし」

この科白を、是非とも鈴菜《すずな》に聞かせたかった。

鮎川家のおてんば者は、浜松《はままつ》藩主、水野《みずの》和泉守《いずみのかみ》（忠邦《ただくに》）の懐刀《ふところがたな》、大鷹源吾《おおたかげんご》と、ままごとみたいな惚れた腫《は》れたにうつつを抜かしているのだ。世間の目も口も一切はばかりなく、親の気持もお構いなしで。

世間なんぞはどうせ勝手なことしか言わないのだからどうでもいいが、親には心配りが欲しい。大鷹に回した分の余りでいいから、と思う。

「勝手なことばっかりお頼みしてすんまへんけど」

江戸川に待たせた船まで送る道すがら、睦月が言いにくそうに切り出した。

「贋金作りのこと、お調べにならはってなんかわかりましたら、御奉行所へ届けはる前にうちらに知らせてもらえまへんやろか。そのほうが――」

「雪之丞も、あとの手が打ちやすいでしょうからな。承知仕《つかまつ》った」

皆まで言わせずに、惣介は胸を叩いて見せた。手柄の横取りになるのを睦月が気にしている、と読んだからだ。要は贋金作りが捕まり、雪之丞がこれまでどおり西の丸で過ごせればいい。手柄だなんだはどうでもかまわない。

探索の首尾を伝えられるよう、今の二人の住まいが三十間堀《さんじっけんぼり》の紀伊国橋《きのくにばし》近くにあることを訊き、それから船を見送った。ようやく裃《かみしも》を脱ぎ捨てた心地がした。

日暮れまでまだだいぶん間があるのに、辺りはすでに薄暗い。鼠《ねずみ》色の空から舞い落ちる小糠雨《こぬかあめ》に、肩がじっとりと濡れていた。

（五）

（理左衛門と勘太郎にばかり任せてはおけん。明日、下城のついでに加賀町へ足を延ばして、染の様子をこの目でしかと見よう。隼人に頼んで——）

考え込みながら屋敷の門をくぐると、新しいほうの離れの戸がカタリと音を立てた。五寸（約十五センチ）ほどのすき間から、末沢主水《すえさわもんど》の桃色の顔がのぞいている。

江戸一番の大店《越後屋《えちごや》》の庇《ひさし》のごとく出っ張った額と鼻。その奥で、青鈍色《あおにびいろ》の瞳が瞬《またた》いた。

話したいことがあるのだと、訊かなくてもわかった。

英吉利人《えげれすじん》の主水が、この離れに住んで料理の修業を始めてすでに一年以上たった。初めの頃のような大しくじりはやらかさなくなったが、包丁使いは相変わらずお世辞にも鮮やかとは言い難いし、味つけも日によって薄かったり濃かったり。才がないのだ。

惣介は——おそらく主水自身も、主水を料理人として一人前に、なんてことはとうの昔に諦めてしまっている。

主水は、難破した船に乗って漂《ただよ》い着いた。幕府の求めに応じて、故国に帰るのを先に延ばし江戸にとどまった。幕府の役人に英吉利の言葉を指南《しなん》し、海の外の事情を知る限り教えてくれた。

その挙句「異人は長崎出島《ながさきでじま》にしかいない」はずのこの国で、好きに出歩くこともできず、いつ英吉利に帰れるか見通しもないまま過ごしている。

(ここでの明け暮れが、主水にとって幾分かでも満ち足りたものであればいい。料理は二の次三の次)

もうずいぶん前から、惣介はそんな腹づもりでいた。帰国までの年月が、ただの待ち時間、辛抱を重ねる暇つぶしでは、あまりに気の毒だ。

だから、この半年ほどは、元暮していた浅草の天文屋敷へ駕籠《かご》で出かけて過ごすことも増えた。台所組組屋敷でも、総門の内をぶらぶら歩き回っている。主水がここへやって来たときの「家康公に仕えた英吉利人、三浦按針《みうらあんじん》の血筋」という、かなり無理矢理な言い訳も根を下ろした。煮出した茶の色の髪を総髪《そうはつ》に結った姿にも、組屋敷の面々はすっかり慣れたようだ。

それでも、惣介の力では埋めてやれない洞《うろ》は残る。

「お師匠様《ししょうさま》。わかりきったことをおうかがいするようですが」

惣介が離れの上がり框《がまち》で足を洗うのさえ待ちきれない様子で、主水は炉端を行ったり来たりしながらしゃべり出した。

「ふみさんの役目は、それがしに料理を指南することでございやすよね」

「そうだ。ふみはおぬしより五つ、六つ年下ではあるが、お師匠《しょ》さんには違いない。丁重《ていちょう》に接して、しっかり修業に励まねばいかんぞ」

ふみが伝吉《でんきち》ともども鮎川家の古いほうの離れに住みついたのも、主水の指南役になったのも、諸々事情があってのことだ。が、その事情も、ふみがまだ二十歳そこそこなのも、惣介が主水の料理修業をすっかり見放していることも、ふみと主水の師弟関係を揺るがす理由にはならない。ふみは主水よりずっと料理が上手なのだし。

「お言葉を返すようでござんすが、それがしは粉骨砕身《ふんこつさいしん》、精進いたしております。心ここにあらずってぇ調子なのは、ふみさんのほうでござるよ。それもこれも《くれない屋》の若い番頭のせいで」

「ほぉ、そいつぁ、また」

言うのと一緒に足を拭い終えて、惣介は炉端に腰を下ろした。

「立っているついでに、茶を淹れてくれないか。濡れて、ちと体が冷えた」

惣介は話を横にずらして、火箸で囲炉裏《いろり》の世話を始めた。湿った体を乾かしつつ、しばし、今知ったことを噛みしめるひまを稼ぎたかった。

主水の言い分は見当がつく。理左衛門がしょっちゅう組屋敷へ出商いにやってきて、ふみを浮き浮きさせたり笑わせたりする。それが気に入らないのだ。

(此奴め、ふみに『及ばぬ鯉の滝登り』だからなあ)

それと見抜いたのは去年の冬。鈴菜の恋煩《こいわずら》いに巻き込まれて右往左往した果てに、恋情だの落花流水《らっかりゅうすい》だのに勘が働くようになったせいだ。もちろん、大鷹と鈴菜に礼を言うつもりはさらさらないが。

いくらふみにほの字でも、主水はいずれ故国へ戻る境涯《きょうがい》である。帰国の際には、たとえ夫婦になっていても、子を成していても、一人で発つことになる。ふみも子も英吉利へは連れ帰れない。それが法度《はっと》だ。万が一ふみが主水に惚れたら、行き着く先は泣きの涙と決まっている。

主水の懸想《けそう》に気づいてこの方、惣介は、ふみを異人《いじん》の指南役にしたのは過ちだった、師匠は婆様か男が良かった、と悔やみに悔やみ、どうしたものかと気を揉んできた。

（そうか、そうか。理左衛門か。もっと早く思い至っても良かった）

まさしく渡りに舟だ。もう、やきもきせずに済む。

主水とふみが相思《そうし》の間柄なら、裂くのは辛い。だが、主水一人の磯の鮑《あわび》なら、ずっと片貝でもそれはそれ。むしろ、日々の豊かさにつながる。

（報われぬ思いを抱いて悲嘆に暮れたり胸を焦がしたり。それはそれで、おつなもののだぞ）

惣介の胸が開《ひら》けたのも知らず、主水は湯呑みをふたつ取って腰を下ろすやいなや、苦情を並べ立てた。

「ふみさんは、この頃やたらと簪《かんざし》や櫛を挿《さ》しているのです。それで足りずに、伽羅《きゃら》の油をたくさん髪に塗って。あの番頭からもらったんでしょうが、料理の匂いがわからなくなるのもお構いなしでございますぞ。郭から戻って来たときの高橋様のごとく臭って……」

いらぬことを口走ったと思ったのだろう。主水が口を濁《にご》した。

高橋様とは、主水が惣介のところに住みつく前に世話になっていた、書物奉行兼天文方筆頭、高橋景保《たかはしかげやす》のことだ。浅草天文屋敷を束ねる旗本で、去年の夏、惣介も知己を得ている。

主水がむっつりしたまま、自在鉤《じざいかぎ》から鉄瓶《てつびん》を外した。差し出された湯呑みには、思わず取り落しそうになるほど煮えくり返った茶が入っていた。

伽羅の油とは、蛤《はまぐり》の貝殻に入った鬢《びん》付け油のことだ。市中の香具屋、小間物屋が扱っていて、貝殻ひとつ二十二文から、四十文くらいの値だ。

名は伽羅の油でも、貝殻の中身に本物の伽羅の香木は含まれていない。ものにもよるが、本物の伽羅は一斤《いっきん》（約六百グラム）が五両や十両、平気でする。粉末をひとつまみでも加えたら、目の玉が飛び出るような値段の鬢付け油ができてしまう。

この場合の「伽羅」は、贅沢なとか品物の良いとかの意味だ。伽羅が、沈香《じんこう》の中でも最上の香木とされることから、「素晴らしい」の代わりに「伽羅」とくっついているだけのこと。

匂いづけに使われているのは、たいてい丁子《ちょうじ》だ。丁子の香りは涼やかではあるが、飯とは相容《あいい》れない。主水の不満はもっともだ。

（とは言うても、臭いのなんのとは、ただの託《かこ》けだ。根っこはそこじゃあるまい）

去年の夏、ふみは倅《せがれ》の伝吉ともども食うにも事欠く仕儀になって、黒髪を髢屋《かもじや》に売った。短くなった髪は、まだきれいに結えるほどには伸びていない。どうしたって後れ毛がでる。で、乱れた髪を理左衛門に見られたくなくて、つい鬢付け油をつけ過ぎる――そんな女心が伝わってくるから、主水は面白くないのだ。

「指南の最中も、理左衛門さんがどうしたこうしたと、そればかりで」

言い様、止める間もなく主水はがぶりと茶を飲んだ。相当熱かったはずだが、意地っ張りな英吉利人は、口をぱくぱくしながら強引にそれを喉に流し込んだ。上顎《うわあご》の裏や舌が焼けて、小さな水脹《みずぶく》れができたに違いない。目尻に涙の粒が湧いて引っかかっている。

惣介は黙ったまま別の湯呑みに水を汲んで、主水の前に置いた。

「おぬしの気持はわからんでもないが、ふみはまだ若いのだからなぁ。再縁も悪くはなかろう。理左衛門は《くれない屋》での出世も早い。よう働くし人当たりも柔らかい。知恵も回る。ふみを大事にしてくれるなら、それはそれで――」

「それがしは、断じて賛同いたしかねまする」

口調は頑《かたくな》だったが、手は水の湯呑みに伸びた。

「お師匠様は、ずいぶん理左衛門がお気に召しているようですが、いつからそのように心を許しておいでです」

「彼奴《あやつ》は、初めて訪ねて来たときから人懐《ひとなつ》こくて、仁《まさし》にも好かれていたし、相手を思いやることも知っていて――」

「初顔合わせから馴れ馴れしいとは、礼儀をわきまえぬ輩《やから》でござりますな。亜米利加人《あめりかじん》のような奴だ。幼子にまで愛嬌《あいきょう》を振りまいて、するりと懐に入り込むってぇのは、どうも気に入りませんぞ」

江戸城の御小座敷で最初に引き合わされたとき、主水が唇を真一文字に引き結んでにこりともしなかったのを思い出す。あれが英吉利流なのかとも思う。単に「坊主憎けりゃ袈裟《けさ》まで」なだけかもしれない。

（理左衛門の愛想が悪かったら悪かったで、難癖《なんくせ》のつけどころを見つけそうだがな

あ）

惣介がぐずる主水を持て余し加減で茶を啜っていると、声とともに戸口が開いて、ふみが顔を出した。

「主水さん、そろそろ夕餉の支度を……おや、旦那《だんな》。今日はじきじきに御指南でござんすか」

出会ったばかりの頃、ふみは、憂き世の雨風をしのぎ損ね、生きる道に行き暮れた淋《さび》しい顔の若い母親だった。

今は削《そ》げていた頰もふっくらして血色もいい。心細げな風情も消えてよく笑うようになった。この屋敷での暮らしや鮎川家の皆や主水が手伝って出来上がった健《すこ》やかさだ。

けれど、一重瞼《まぶた》に包まれてキラキラ輝く瞳《ひとみ》や口元に浮かぶ艶《なまめ》かしい笑みは、どう見たって理左衛門の手柄だ。そして――。

訊かれたことに答えるより先に、訊きたいことができていた。

「どこかに御招《よ》ばれして、香を聞いたのか」

「へっ……あれ、やだ」

言いさして、ふみは耳まで赤くなった。

「旦那のお鼻には降参でござんす。ちょいと頂き物で」

そっと胸元に入って出てきた掌《たなごころ》に、薄紅色の縮緬でこしらえた小さな巾着が載っていた。丁子や白檀《びゃくだん》の粉を入れた、匂袋《においぶくろ》とか花袋とか呼ばれる物だ。懐に忍ばせたり、小袖簞笥《だんす》に置いて移り香を楽しんだりする。

「後生ですから、誰から、とは訊かないでおくんなさいな」

ふみはうつむいてそっと肩をすくめたし、主水は「むう」とうなった。四百四病の外《ほか》の二人は、うっちゃらかしでかまわない。『誰から』もらったのかは、訊かないでもわかる。

(気になるのは、中身だ。この匂いは解《げ》せん)

裏長屋は無論のこと、組屋敷や下級旗本の屋敷では出会うことのない匂い。名のある香道《こうどう》の師匠の家や、大店の薬種屋、香具屋、小間物屋でなら嗅げる香り。最前までいた《くれない屋》にはなかった匂い。役目を終えたあとの隼人にときたま染みついている薫り。

今、ふみの掌に載っているのは、大名に千両箱を貸し出す両替商が吉原の太夫に送った、というならうなずける匂袋だった。

木所《きどころ》(香木の種類)が当てられるわけではないが、理左衛門の懐具合にも《くれない屋》の見世構えにもそぐわない粉が入っている。吉事も凶事も嗅ぎ寄せる荷厄《にやっ》介《かい》な鼻が、そう教えていた。

「ずいぶん贅沢に香木が使ってあるようだが」

惣介の問いで、ふみは華の笑顔になった。

「あれ、まあ。それでこんなに良い匂いなんでござんすね」

「《くれない屋》の商売物かい」

そうでないことはわかっていた。

「いえ、商い物じゃないんですよ。理左衛門さんが粉を組み合わせて作ってくれた、世間にひとつきりしかない匂袋でしてね。きれいな桐の箱に入っていたもんだから、使っちまうのが惜しくて、ずいぶん仕舞い込んでたんです」

傍で主水が今度は「ぐぅ」とうめいた。勝ち目もないのに、往生際《おうじょうぎわ》の悪い奴だ。

（白檀《びゃくだん》だ、茴香《ういきょう》だ、と恋の迷い路で混ぜているうちに、たまたま伽羅と似た匂いが出来上がっただけやもしれん）

とも思う。理左衛門は、染にねだられて高い香木を調達したと話していた。それをちょっぴりくすねただけ、とも考えられる。そんなふうに信じたい気持を押しのけて、贋金作りの一件が頭を駆け巡る。

仰天したことに、胸の奥のほうからもやもやと湧いてくる嫌な感じは、腹の虫を沈黙させた。

しょげた主水とにこにこ顔のふみを残し、惣介は離れの戸を後ろ手に閉めた。外はすでに宵闇《よいやみ》で、粉みたいな雨が性懲《しょうこ》りもなく降りつづいている。

(悪事を働くような輩とはとうてい思えんが、もし、万万万が一、理左衛門が贋金作りに絡んでいたなら……)

ふみのぽっと染まった頰の色が目の前にちらつく。我知らず深いため息が出た。

「鮎川殿。今宵は末沢殿に御指南でしたか」

母家のほうから近頃すっかり聞き慣れた声がした。大鷹源吾だ。こちらも雨同様、性懲りもないの類《たぐい》である。神田同朋町《どうぼうちょう》の医師、滝沢宗伯《たきざわそうはく》のもとで修業をつづける鈴菜を、毎夕、迎えに行って諏訪町まで送ってくるのだ。

「いつも鈴菜を送り届けてもらって、すまんな。和泉守様がご立腹ではないのか」

本音を言えば、ご立腹だろうがご一服だろうが、知ったこっちゃない。家臣一人も思いどおりにできないなら、大名なぞやめてしまえ、ぐらいの気分でいる。

「いえ。殿は面白がっておられます。それに、わたしは江戸の町を歩き回るのがお役目のようなものですからね」

　そのお役目に専心していつまでも江戸の町をほっつき歩いていろ。娘にちょっかいを出すな。とすっぱり言い渡したいのもやまやまだが、あとが怖い。「そのお役目」と声に出しただけで、鈴菜から半月がかりの小言が返ってくるに違いない。

「それより、少しお顔の色がすぐれぬようですが、何か」

　敏《さと》い耳は、惣介のため息を聞きつけたに違いない。「いや、何も」と答えかけて、大鷹も贋金が出回っている件を調べているはず、と思い当たった。それならば、この賢い目をした男を利用するに如《し》くはない。

　睦月に『それがしも少々手を打ってきた』と豪語《ごうご》した。が、その「手」が贋金を世間にばらまいた疑念が出てきたのだ。

「ちと、聞いてもらおうか。この先に半年ほど前できた鶏屋《とりや》がある。どのくらいのものを出すかは知らんが、馳走しよう」

　小座敷のある見世だ。なけなしの二朱銀が飛ぶかもしれないが、払いはてんでに、とは口が裂けても言いたくない。

「察するところ、気になさっているのは《くれない屋》のことでしょうか」

　そう受けてくれるなら、話は早い。

（六）

御膳所で扱う鳥は鶴《つる》や鴨《かも》で、鶏《にわとり》は用いない。逆に市中ではこの頃、鶏料理を専《もっぱ》らにする見世を見かけるようになった。

大鷹と上がったのもそんな見世の一軒で、上水を渡ってすぐ、牛天神《うしてんじん》の門前町と通りを挟んで向かい合う金杉水道町《かなすぎすいどうちょう》の一角にある。

中二階の仕舞屋《しもうたや》だったところへ、大工が入ったなと見る間に、衝立《ついたて》のある小上がりができ、入口に縄暖簾《なわのれん》がかかり、屋根のついた掛け行灯《あんどん》に「志やも」の文字が書き込まれて、商いを始めたのは今年の春。麻疹《はしか》が下火になって、ちょうど牛天神の梅が盛りだったから、たいそう流行《はや》っていた。

（そのうち、と思うひまに半年過ぎたが……これはどうもいかんな）

小上がりからはしご段を上がって二階の座敷に通る仕組みだが、畳の上に衝立が並んでいるばかりで客の姿がない。二階も三つある小座敷どれもが、障子を開け放して暗かった。雨の宵とは言え、とても商いが成り立っているとは思えない。

「こいつぁ見世選びにしくじった。話をするには好都合だが、膾《なます》や刺身は剣呑《けんのん》だ。

火を通した料理を頼むのが良かろう」

行灯に火を入れてくれた前髪の手代がはしご段を降りていくのを待って、惣介は大鷹に忠告した。品書きを見て、煎《い》り鳥と味噌仕立ての鳥団子汁に丼飯《どんぶりめし》を二つと決めた。しばらく待ったが、誰も注文を聞きに来ないから、大鷹が腰軽く立って階下へ降りていった。

「考えるまでもありませんでしたよ」

大鷹はしばらくたってから、両手に膳をひとつずつ持って、笑った顔で戻って来た。膳には猪口《ちょこ》と小鉢がふたつ。それに燗酒《かんざけ》の入ったちろりが載っている。

「出来るのは、雀《すずめ》の法論味噌《ほろみそ》と味噌漬けだけだそうです。これから飯を炊くからしばらく待って欲しいと言うので、つなぎに酒を少し誂《あつら》えてきました」

すでに鶏屋ですらない。鶏を仕入れることも飼うこともできなくなって、亭主自ら雀捕りに駆けずり回っているのか、近所の裏店の子どもが雀に罠をしかけて小遣い稼ぎをしているのか。

小鉢の中身は出せる料理のひとつ、雀の法論味噌だった。佃煮《つくだに》と同じで日持ちがするから、客足の遠のいた見世にはおあつらえ向きの一品だ。

毛をむしった雀をさばいて腹の中身を取り出し、よく洗って水気を切ってから骨ごと包丁で叩いて細かくする。これを酒、水、西京味噌と合わせ、鍋《なべ》に入れて、ぱらぱらに仕上がるまでとろ火で根気よく煎り混ぜる。あとは、甘辛に煮た山椒の実と炒り胡麻と刻んだ胡桃《くるみ》を足して出来上がりだ。

「味はそう悪くない気がします……酒はちょっと古いですけどね」

法論味噌をひとつまみ口に放り込み、猪口の酒を干して、大鷹は首を傾げた。その様子をながめたあとで法論味噌を味見して、惣介は悩ましい気持になった。

胡桃は大きさを揃えて細かく刻んであるし、実山椒はほどよい醬油加減で少し甘めに煮詰めてある。胡麻の炒り具合も悪くない。

しかしながら、如何せん味噌が多すぎる。雀の量が少ないのを、安い仙台味噌を増やして補った。そのせいで、味噌の味ばかりが立って雀の風味はどこにもない。ぽそぽそして、やたらに辛《から》い。

（これで満足してくれる旦那なら、鈴菜はずいぶん楽が出来る）

自分が味に口うるさいせいで、志織はいじけた気持でいる。得手勝手は重々承知だが、鈴菜にはそんな思いはさせたくない。

「儲けを欲張り過ぎたんでしょうか。流行ると客あしらいが粗末になって嫌われる、というのもよく聞く話ですが……商いはむずかしいですね」

「何でもそうだ。一度けちがついて悪いほうに転がり出すと、止めるのは容易じゃない」

それでまた、ふみの顔が脳裏をよぎった。前の亭主に三行半《みくだりはん》を書かせたときの泣き顔だった。もし理左衛門が悪党であったなら、どこまでも男運の悪いことだ。

「さっき諏訪町で《くれない屋》の名を出したろう。おぬしも調べているのか」

大鷹は形の良い唇をきゅっと引き締めてうなずくと、猪口を伏せた。飯が炊けるまで、しばらくある。

「春以来、市中に南鐐二朱銀の贋金が出回っていましてね。わたしも、殿から探索を命じられて、もうひと月近く動いております。厄介なことに……」

大鷹は迷う様子で、言葉を途切れさせた。

鈴菜との仲が表に出て以来、この若者は惣介に対してずいぶん率直に語ってくれるようになった。それでも、やはり言えないことはあるのだ。

こちらには隠すことは何もない。《きえのね屋》でのひと幕からふみの匂袋まで、洗いざらい打ち明けてしまうと、少し肩の荷が下りた。「そろそろ祝言を挙げたらどうだ」のひと言だけ、胸に畳んで置いた。「それでは明日にでも」と返されたら、大いに困る。

「如月の霊岸島の火事ですが、火元の筋向かいに冶金職人の仕事場がありました。その職人が火事以来まったく行方知れずです。喧嘩で死んだ者の中にもいない。かといって、焼け出されたあと戻って来た様子もありません」

「そいつが、贋金作りの証を消すために火を放ち、組んで贋金を作っていた五十松を殺して逃げた──そうだとして《くれない屋》はどう関わる」

「はっきりしているのは、行方知れずの冶金職人が《くれない屋》に出入りしていたこと。番頭の理左衛門が今年の春頃、あの辺りをしょっちゅう出商いに回っていたこと。このふたつだけです。それでいて、霊岸島に《くれない屋》の得意先があったという話は聞こえてきません。火事のあと、理左衛門の足が霊岸島に向かなくなっているのも確かです」

「加えて、分不相応な香りのする匂袋、か」

弱い。得意先がないからこそ、新たな贔屓をこしらえたくて出商いに励んでいた、とも考えられる。火事で商いを遠慮して他を回っているうちに、よそで気前のいい得意先ができた、とも解釈できる。

「そりゃまあ、小間物屋の商売物を入れた背丈の半分ほどもある細長い箱は、贋金左衛門も番頭の理を運ぶのに都合が良かろう。だがなあ、俺が接した限り、主の幸右衛門もいたって好人物で、天下の大罪を働く不逞《ふてい》の輩には見えん」

わけがわからなくなる。

仁《まさし》を膝《ひざ》に乗せてあやしていた姿と勘太郎を案じて曇る眉。どちらも周りを油断させるための芝居だったなら。気持の良い笑みや、気遣いに満ちた言葉や、行儀の良さを疑うとすれば。いったい何を信じればいい。

「おのれの腹のうちさえ見失うことがある。他人《ひと》の腹が読めんでも、不思議はないがなあ」

我ながらしょぼくれた声だった。大鷹は何か言いたげに口を開いたが、結局、薄く微笑んだだけでまた口を閉じた。

三畳の座敷が、ひととき静かになる。それを待っていたかのように、足音がはしご段を上ってきた。最初に来た手代のそれとは違う。足を持ち上げるのさえ億劫《おっくう》そうな、草臥れ果てた音だ。

（運んできたのは飯じゃあない。塩握りだ。それと煮出し過ぎた茶）

嗅ぎあてたところで、ぼそぼそした挨拶とともに障子が開いた。四十代半ばくらいの顔色の悪い男が、うつむいたまま握り飯と湯呑みの載った膳を押して寄越した。

ふっくら、つや良く炊きあげた飯を、ふわりと握ってある。

「味噌漬けが漬かり過ぎまして、とてもお出しできるしろもんじゃございませんので。恐れ入りますが、こちらでご勘弁願います。お代は頂戴いたしませんので」

陰鬱《いんうつ》な声といい生気のない目といい、惣介と大鷹がいなくなったら首をくりそうな有り様だ。

「ご亭主。春にはこの見世はたいそうな繁盛だったろう。法論味噌も作りは悪くなかった。握り飯も旨そうに出来ている。何ゆえこんな、閑古鳥《かんこどり》さえ鳴かない仕儀になった。差し支えなければ、教えてもらえまいか」

余計なお世話だとは思う。だが料理人の腕を惜しむ気持が、つい口からこぼれた。

「へぇ。夏の中途まではお客様にも大勢お運びいただいておりましたが、帳場から贋の二朱銀が四枚見つかりまして。お咎めはなしに済んだんでございますけれども、なしになった儲けは戻って参りません」

贋の二朱銀四枚分は、見世が損をして仕舞いになる。一両の半分が消えた勘定だ。

「まずは見世を憶《おぼ》えていただくのが大事と、儲けをぎりぎりまで減らしておりましたし、大工への支払いも残っておりましたので、高利貸に頼りました。その挙句、たちまち仕入れの金にも困るようなことに……」

「奉行所でも訊かれたろうが、贋金を使った客に心当たりはないのか」

「いえ。御番所からは何も訊かれておりません。訊かれても、どうせお役には立ちません。心当たりも何も、始めたばかりの見世で、掛け売りのお客様は少のうございますので」

残りの辛《つら》い話は聞くまでもなかった。

客のほうは、見世の災難には気づかなくても、料理の量がわずかに減ったことや材料の質が落ちたのにはすぐ気づく。「あの見世も駄目になったねぇ」と噂が広がる。客が減れば、せっかく仕入れた食材もその日のうちに捌《は》けなくなり、鮮度が落ちる。また悪い評判が立つ――。

合点がいかないのは、町奉行所の動き、いや動きのなさだ。この見世の帳場から贋金が出たのを、町方はつかんでいる。それでいて、見世の者にくわしく問い糾すことをしていない。

(じっくり話させれば、何か思い出すやもしれんのに)

《きえのね屋》のように用心深い見世ばかりではない。他にも、贋金のせいで身《しん》上《しょう》を潰した者がきっといる。贋金作りが誰であれ、捕らえて処罰を受けさせねばならない。

惣介は鶏屋を出るときに、亭主に南鐐二朱銀を握らせた。

「こいつは、如月に改鋳になったばかりの正真正銘の二朱銀だ。贋金じゃあない」

聞いていた大鷹が、また何か言いたげな口になったが、やはり何も言わなかった。

次に口をきいたのは、上水のほうへ戻りかけてからだ。

「《う組》の勘太郎を訪ねてみませんか。近くでしょう」

遠くはないが、引き返して坂を上る羽目になる。それでも、悪くない考えだから仕方がない。雨もようやく諦めたらしく、黒い空を流れる雲のすき間から、星がふたつ、三つのぞいている。

「こいつぁ、驚《おどれ》ぇた。どういう風の吹き回しで、許してもらえることになったんですかい」

《う組》の三和土《たたき》で足を洗っているうちに、勘太郎が奥から足音も荒く現れた。その第一声がこれである。『驚ぇた』のは、こっちだ。

「許すの許さないのと、なんの話だ」

「いや、ですから、春に、せっかく霊岸島までご足労くだすったのに、あっしがご無礼しちまったもんだから、旦那も片桐の旦那もお腹立ちなんでやしょう。『訪ねてくるに及ばず』って仰しゃってるてなぁ、理左衛門から聞きやした」

　如月の話だ。霊岸島から京橋の《くれない屋》へ回って、諏訪町の組屋敷に戻ると、勘太郎が『お世話をおかけしやした。もう旦那方にはお頼み申しやせん』と、言伝《ことづ》てを残していた。

「気の短い話だとは思うたが、俺も隼人も怒っちゃあいないぞ。『訪ねてくるに及ばず』なぞと言うた覚えもない」

「そいつぁ妙だなぁ。理左衛門の奴、何をどう勘違いしたんだか。おっちょこちょいで、しょうがねぇな」

　半年近く聞き合わせなかったこちらもうかつだし、詫びに来ない勘太郎も強情っ張りだ。が、何より怪しいのは、勘太郎に嘘を吹き込んだ理左衛門である。それでも勘太郎は、まだ、つゆほども理左衛門を疑っていない。

　大鷹と二人、座敷に通されたあとも、惣介は理左衛門を疑っていることをどう切り出したものか、決めかねていた。五十松を失ったときの嘆きぶりから推《お》して、今考えられることをそのまま話したら、鳶口《とびくち》を引っつかんで《くれない屋》へ駆けつけそうだ。

「理左衛門から間違った話が伝わっていたとは知らなんだからな。音沙汰がないし、

勘太郎はもう五十松の件を諦めたものと考えていた──

「とんでもねぇ。諦めちゃいません。ぼつぼつ調べちゃあいたんです。けど、なんせ、あんまし頭が良くねぇ上に、毎日《まいんち》の役もあるもんすから。蟹《かに》の縦歩きよりはかどらねぇ間抜けっぷりでして」

勘太郎は面目なげに鬢を掻《か》いた。小出しにしてみた理左衛門への非難には、まるで気づいてもらえない。

「けど、片桐の旦那に言いつけられたことは、如月のうちにちゃんと果たしやした。二番と八番の組全部で話を聞いて回ったんでさ」

如月八日に起きた霊岸島の大乱闘には、すでにお沙汰が下りている。

一番《い組》の組頭二人と《よ組》の組頭二人が島流し。《い組》の人足五人と《よ組》の人足七人が中追放。一番、八番、九番、十番の人足四十二人が敲《たたき》の上、所払。一番、二番、八番、九番、十番の頭取二十九人を含む四十四人が手鎖。名主への過料も入れると、計百三十五人が処罰を受けた。

「よう話が聞けたな。嫌な思いもしたろう」

「なぁに、どってこたぁねぇです。見込みのありそうな話もでやしたし」

褒められて、勘太郎はくすぐったそうに目を細めた。

「火元の塩町《しおちょう》へ一番乗りした、二番《す組》の纏持《まといもち》から聞いたこってすがね。火が出た茶漬屋の筋向かいの路地で、職人らしいのが三人にお店者風のが一人、火が迫ってくるのもお構いなしに言い争ってたそうでさ。どうも職人のうちの一人が、五十松に年格好が似てたみてぇでして——」

熱心にしゃべっているのをさえぎる形で、若い人足が茶を運んできた。茶托《ちゃたく》に載せた湯呑みが、惣介と大鷹の前に並ぶ。それを見ると、勘太郎は顔をしかめた。

「おい、煙草盆《たばこぼん》も菓子もなしかい。気の利かねぇ奴だな。もらいもんの煎餅《せんべい》があったろう。しょうがねぇ。ちっと差配してきやすんで、待っておくんなさい」

人足に説教を喰《く》らわす勘太郎の声が遠ざかると、待ちかねたように大鷹が声をひそめた。

「勘太郎には理左衛門のことも贋金のことも、教えないほうがよいでしょう。知れば、無茶な方向に走り出しそうだ。それと、さっき話に出た火元近くにいたお店者風の男ですが、おそらく——」

「理左衛門だろうな。俺としては、問い糾して言い訳を聞いてみたいところだが」

心地の良い嘘が神通力《じんつうりき》を持つのは、こちらが相手を信じているうちだけだ。

『そいから、八日の霊岸島の分ですが、あれもあっしってことで。そいでかまいませんので』

ふいと、八蔵の言葉が思い出された。如月二日と五日の京橋の火事は、間違いなく八蔵の付け火だ。が、八日の霊岸島は違う。

(あれも理左衛門が言わせたことか)

八蔵はヨシを娘の身代わりみたいに大事にしていた。その耳に「ヨシはお前さんの付け火を見ていた。真似をして、霊岸島で火をつけた」とでもささやけば、八蔵は黙って三つ目の付け火も引き受けたろう。今となっては、確かめようもないが。

(ここまでの推測が当たりなら、理左衛門は俺を手玉に取ったわけだ)

主水の言い分は当を得ていたのだ。

五十松は殺されたと言い張って譲らなかった勘太郎。その動きを危ぶんで、理左衛門は諏訪町の屋敷へ様子を探りに来た。惣介も隼人も、理左衛門の円《まど》かな振る舞いに気を許した。

その上で、自分を友だと信じている勘太郎に嘘を吹き込んで、惣介、隼人とのつながりを断った。さらに、ころりと騙された惣介と隼人を操《あやつ》って、八蔵に霊岸島の付け火を引き受けさせた。

さらに今日、理左衛門は、染が口をつぐむ代わりに金《かね》をせびっているらしい、とほのめかした。惣介が『やましいところがあるなら、わざわざ染のことを言い出したりはするまい』と決めてかかるのを承知の上だ。

染は実際、金をせびっていたに違いない。

その相手は理左衛門か。それとも理左衛門の後ろに幸右衛門がいるのか。幸右衛門が一枚嚙んでいるかどうか、今はわからない——と考えかけて、それを判断できる札がすでに手中にあるのに気づいた。

昼間、対座していたとき、幸右衛門はためらいもなく、雪之丞に二朱銀を崩してもらったことをしゃべろうとした。それをさえぎる形で、理左衛門が襖を開けたのは偶然ではなかった。少し前から座敷の外で息をひそめていて、まずい方向に話が行くのを止めたのだ。そもそも身に覚えがあれば、両替のようなくっきりと心に残る場面で、贋金を使うはずもない。幸右衛門は何も知らずにいるのだ。

贋金作り、霊岸島の火付け、五十松殺し——理左衛門は間違いなくその内でうごめいている。後ろ楯がいるか否かはわからないが。

(理左衛門は次々と策を弄《ろう》して、我が身を守ってきた。とすれば、次は)

惣介は覚えず立ち上がっていた。

「いかん。染が狙われる」

言い様、座敷を飛びだすと、大鷹は何も訊かずについてきた。勘太郎には、「急な用ができた」とだけ告げて、《う組》を出た。

水戸《みと》藩《はん》上屋敷の白塀に沿って進み、神田川《かんだがわ》に突き当たったら橋を渡って南へ。加賀町まで二里（八キロメートル）近くある。それに思い至って、

「これから行くには遠すぎる。染のことは、明朝でも間に合うやもしれん」

とつぶやいたときには、大鷹の背中はとうに闇に溶けていた。

（七）

町はすっかり夜の中だ。

惣介は、小さな波頭のようにつくつくと立ち上がった泥濘《ぬかるみ》を蹴《け》散らし、息を切らし、しゃにむに足を前に出しつづけた。大鷹に追いつくのは、三歩目であきらめたけれど。

走っているのか歩いているのか判然としない体たらくになってたどり着くと、《くれない屋》の前には幸右衛門が立っていた。くぐり戸が開いて、中から灯《あか》りが

もれている。

「鮎川様は手前どもの見世でお待ちいただくようにと、凛々《りり》しいお顔のお武家様からお言伝てでございます。ささ、どうぞ中へ」

泥まみれの惣介を見て、眉をひそめることもなかった。幸右衛門の愛想の良さは昼間と変わりない。

「かたじけない。だが、その侍に届けねばならんものがある。どこへ行った」

嘘はついていない。『届けねば』ならないのが、惣介自身なだけだ。

「なんでも、加賀町の染という女の長屋をお探しで。手前は存じませんでしたが、理左衛門がよう知っておりまして、ご案内いたしております」

「ならば、それがしも加賀町へ向かう。誰か——」

道案内を、と言いかけて、何が起こるかわからないものを手代や小僧を連れては行けない、と思い返した。主自ら《みずか》表で迎えてくれただけで充分だ。幸右衛門にはこれから、理左衛門のことで面倒がふりかかる。知っていながら、それさえ教えてやれないというのに。

「せっかく待ってもろうたのを、無にするようで面目ないが、今夜はこれにて」

「いえ、いいえ。またいつでもお越し下さいまし。理左衛門は提灯《ちょうちん》を灯《とも》してゆきまし

た。急ぎ足で行けば、灯りが見えましょう。夜半にこの足元の悪さですから、人通りも少ない。加賀町までは通りを真っ直ぐでございますし、案外、追いつけるやもしれません」

親身で長閑な声に背中を押され、惣介は丸太《まるた》新道を南に向かって走り出した。数寄屋橋《すきやばし》御門と新《あたら》シ橋《ばし》を結ぶ大きな通りを横切り、山下《やました》御門から木挽橋《こびきばし》へ至る通りを渡る。幸右衛門の言ったとおり、夜の泥道には人影もない。

荒くなった息を整えようと立ち止まったところで、憶えのある匂いが惣介の鼻に届いた。ふみが理左衛門にもらった匂袋と同じ気品のある香り。『世間にひとつきりしかない』はずの匂い。染が理左衛門を脅してせしめ、裏長屋に焚きしめていた香の匂いだ。

(自分で粉を組み合わせたなぞと、嬉しがらせをささやいて。酷なことをする)

手作りでも何でもない。吉原に行けば、きっとあちこちで同じ匂いが嗅げる。理左衛門が染の贅沢な香の話を中途で止めたのは、ばつが悪かったからではない。ついしゃべり過ぎたのに気づいたからだ。無論、『お代はもらいましたけれど』とは、大嘘の皮だ。

匂いを追って、惣介は次の大きな四つ角を左に、竹川町《たけかわちょう》のほうへ曲がった。加賀

町とは逆の方角になる。

竹川町は、如月二日に八蔵が放った火ですべて焼け落ちた。半年過ぎて、町は元の活気を取り戻しつつあるが、まだ所々に空き地がある。匂いの出所は、路地の奥にポツンと残った空き地のほうから、だんだん近づいてくる。乱れた下駄の音で、逃げてくるらしいとわかった。

惣介は暗闇に紛れて、路地と表通りの角で待った。提灯が揺れて、青ざめた丸い顔が浮かび上がる。

「理左衛門、どこへ行く」

息を呑む音とともに立ち止まりながらも、こちらを見返ったときには口元に微かな笑みがあった。

「あれ、鮎川様……染が恐ろしいことになりました。鮎川様のお連れだという若いお武家様を、染のところへご案内したのでございますが――」

「いや、連れというほどの間柄ではない。彼奴が何かしたのか」

しばらく騙されたふりでいようと決めていた。

「手前が外で待っておりますと、中で揉み合う気配がしまして、それから、あのお武家様が鉄砲玉の勢いで飛びだしてきたんでございます。慌てて戸口から中をのぞきますと、染が土間に倒れていました。目をカッと見開いて、舌をだらりと垂らして。もう事切れているのがわかりました。どうやら首を絞められたようです」

「ええい。困ったことになった。あれは気の短い男で、危ぶんではいたのだが」

「染がよほど無礼なことを口走ったのでしょうか」

理左衛門が身動きするたび、香が香る。もちろん、理左衛門自身は気づいていまい。惣介の鼻だけが、ごくわずかな匂いを嗅ぎ取っている。昼に顔を合わせたとき、この匂いはなかった。

惣介と別れたあと、理左衛門は加賀町へ行って染の首を絞めた。その証となる移り香だ。

「で、彼奴はどこへ行った」

「相長屋の腕っ節の強いのが二人、あとを追っていきました。手前はこれから自身番へ人を呼びに参りますところで――」

「ずいぶん遠くの自身番へ行くのだな。加賀町にも自身番はあっただろう」

惣介の声音が冷たいのをどう取ったのか、理左衛門は戸惑った風に提灯を掲げた。

「そ、そうでございました。動転いたしまして、丸太新道まで戻らねばと思い込みました」

不意に、雲間から居待月《いまちづき》が顔を出した。苦しい嘘に引きつる理左衛門の頰が、煌々《こうこう》と照らし出される。同じ月が路地の向こうの空き地にも光を投げた。

空き地の外れは土壁の土蔵だった。その壁際に職人風の男が二人。太い手に、匕《あい》首《くち》を抜いている。そして、空き地の真ん中には大鷹がいた。

闇と泥濘まで敵に回しては、如何な大鷹でも分が悪い。月光は頼れる助っ人だ。このときを待っていたのだろう。大鷹がゆっくり抜刀した。正眼に構えてすり足で間合いを詰めてゆく。

男二人は喧嘩には慣れている風だった。匕首の握り方が堂に入っている。だが、町人同士の争いと、腕の立つ侍に刀を突きつけられるのは別だ。二人とも、怯《おび》えた様子で腰を引き気味に構え、動けずにいる。

大鷹が右に向かって半歩踏み出す。その動きを見て、左側の男が反対方向に地面を蹴った。逃げられると見込んだようだ。

が、次の瞬間、大鷹は身を翻《ひるがえ》した。泳ぐように手を掻いて走る左の男を、背後から袈裟《けさ》懸《が》けにひと太刀。つづけて土蔵のほうへ一気に詰め寄って、右の男にも剣を振り下ろす。力のこもった刃《やいば》が、肩の骨に当たって嫌な音をたてた。

(太刀筋に迷いがない……)

初めから二人を斬り捨てるつもりで、ここへおびき出したのだ。

（斬るのを見られたくなかった。だから俺を《くれない屋》で待たせようとした）

立ち尽くす惣介の隣で、理左衛門が地面にへたり込んだ。提灯が落ちて、火が一瞬燃え上がったあと消えた。男二人が息絶えていることを確かめ終え、大鷹が近づいてくる。脇に構えた刀から、血がぽたりぽたりと伝い落ちた。

「鮎川様。どうかお助け下さいませ。あのお武家様は手前も斬るつもりです。そ、染《あや》を殺めたのを知られて――」

「まさしく。理左衛門、お前が染を殺したのを、俺も知っている。霊岸島の火付けと五十松殺しは、今さっき骸《むくろ》になった二人がしたことか。それとも、お前が手を下したのか」

「何のことでございます。染を絞め殺したのは、あの侍です。手前がこの目で見たのですから、間違いございません」

理左衛門の声が震えた。

「その科白こそが、染殺しの証だ。わからんのか。あれだけ腕の立つ者なら、絞め殺すなぞと手間のかかることはせん。脇差しでひとえぐりすれば済むだろう」

理左衛門がカッと喉を鳴らして、息を呑んだ。

「あとは簡単な仕掛けだ。逆にたどれば済む。お前が染を殺した。染を亡き者にしたいのはどんな奴か。お前が言うたとおり、金をせびられていた贋金作りだ。となると、理左衛門。お前は贋金作りの仲間だ」

舌の先から上手い嘘を生み出そうとするかのように、理左衛門は二度、三度と唇を舐《な》めた。その間に大鷹が、刀ひと振り分の間合いまで進んできて、立ち止まった。

表情のない蒼白い顔は、惣介のほうを向いている。それでも身のうちにたぎる冷ややかな殺気が、理左衛門をその場に縛りつけた。

「もう歯向かうまい。自身番へ連れて行けば済むのではないか」

理左衛門は大鷹が二人斬り殺したのを見ている。生かしておく、という選択がないことはわかっていた。それでも問わずにいられなかった。鈴菜のために。

大鷹は、目を伏せることもなく瞬《まばた》きもせず、惣介を見据えたまま首を横に振った。

「生かしておくな、との君命でございます」

答えを聞くやいなや、理左衛門は立ち上がった。くるりと背を向けて路地の入り口に向かって駆け出そうとする。

大鷹が素早く惣介の脇をすり抜け、前に出た。その刹那、理左衛門の足がもつれた。剣が一閃《いっせん》する。首筋から血飛沫《ちしぶき》をほとばしらせ、理左衛門はどっと泥濘の中へ倒れた。

「それで、どうする」

三人分の骸を放り出しておけば、町方が動かざるを得なくなる。せっかくの口封じが水の泡だ。が、片づけるのは難儀に違いなかった。

「三十間堀川が海へ運んでくれます。雨のおかげで流れも速い」

「手伝うか」

「いえ、わたし一人で……料理を作る手を汚してはいけませんから」

心の蓋《ふた》がわずかにずれたかのように、くっきりした眉がほんの少し曇った。

「おぬし、もしやして……」

市五郎《いちごろう》も始末したのか、と質《ただ》しかけて、やめた。

市五郎は、霊岸島の火事のときに喧嘩のきっかけを作った遊び人だ。もしあの大乱闘も贋金作りの一味が仕掛けたことだったなら、市五郎も一味の一人ということになる。

まだある。

大鷹は、訊き糾すこともせず理左衛門を斬った。後ろ楯がいるのか、いるとすれば何者か。そのあたりはすでに調べがついているのだ。調べどころか、すでに手にかけたあとかもしれない。

（知っても仕方がない。鈴菜に内緒にすることが増えるばかりだ）

他にしてやれることもない。寂しげに結んだ口元から目をそらし、歩き出そうとして、はっと心づいた。このままにすれば、大鷹は幸右衛門も手にかける。

「君命だと言うたな。証がなくとも理左衛門を斬った、ということか」

「証はつかんでいましたよ」

大鷹の声はどこやら得意気だった。

「《くれない屋》に行く前に加賀町に寄って、長屋で染が縊《くび》り殺されているのを見つけました。亡骸《なきがら》はまだ冷えきっておらず、殺されたのは日が暮れてからに違いなかった。それで、相長屋の者たちに聞き込んで、その頃に理左衛門が染を訪ねていたのを突きとめたのです」

おのれの足の遅さも、大鷹の手回しの良さも、勘定に入れ忘れていた。

「理左衛門が案内と言いつつわざと遠回りをしましたから、一味の他の連中が闇に乗じて長屋に火を放つ手筈《てはず》だと察しがつきました。それで、理左衛門を振り捨て、加賀町へ急ぎました。案の定、あの職人二人が付け火の支度の最中で」

別々の方向から山に登って、先に頂上を独り占めされたみたいな気分になる。この切れ者っぷりが小癪《こしやく》なのだ。

(ふん。可愛げのない奴だ)

とはいえ、要らぬ重荷を背負いかけているのを、うち捨ててもおけない。業腹《ごうはら》だが、胸のうちに斜め横向きの親心が芽生えている。

「ならば《くれない屋》幸右衛門はどうだ。斬る根拠があるか」

「斬るもなにも、そんなつもりは端《はな》からありません」

地面に落ちかけた視線が、強がるようにまたこちらを向いた。

(この男は、つくづく嘘が下手になった)

この先の生きる道筋を思えば、喜ぶべきかどうか――。

「あのなあ、大鷹。おぬしの殿様が何と命じたか知らんが、幸右衛門を斬るのは間違いだ。あの二代目は、俺と同様に上手く転がされただけで、理左衛門の所業も贋金のこともまるで知らずにいる。奉公人を頼みにすることも、呑気にぼんやり暮していることも、咎にはならんだろう」

鋭い光を放っていた大鷹の瞳がふっと和んだ。

「俺が請け合う。この腹で太鼓判を捺《お》す。何なら藩邸へ出向いて、幸右衛門の代わりに釈明してもいい」

さっきより少し高く昇った月の光を受けて、惣介は《う組》で考え至ったことを話した。

「『おそらく』と『たぶん』の積み重ねだと言われれば、それまでだ。しかし——」

「いいえ。仰しゃるとおりだと思います。それに……わたしも人を斬るのが楽しいわけじゃありません」

本当は『それに』に、別のひと言がつづいたのかもしれない。「命が惜しければ、幸右衛門も口をつぐむでしょう」とでも。だが、それは言わずもがなだ。

「ふむ。そいつぁよかった。今夜はさすがにもう見世仕舞いしただろうが、近いうちに例の茶漬屋で一献《いっこん》どうだ。隼人も誘うて、なあ」

竹川町を東西に横切る通りを山下御門のほうへ抜けると、山城河岸《やましろがし》に出る。そこに大鷹が贔屓にしている小さな茶漬屋があるのを、惣介は思い出していた。

「もうひとつ教えてくれ。おぬし、組屋敷で俺に声をかけたときから、この結末を見越していたのか」

「いいえ。《くれない屋》を突《つつ》けばいずれ行方《ゆくえ》をくらました冶金職人が出てくる、と目星はつけていましたけれど、今夜、始末が付くとは思うておりませんでした。

声をおかけしたのは、鮎川殿が沈んでおられたからです。信じていただけるかどうかわかりませんが」

「信じるさ。とはいうても、俺はやたらに人を信じる質《たち》だ。俺に信用されても、自慢にはならん」

大鷹の頰に微かな笑みが浮かんだ。三つの骸とこのあとの大鷹の暗中飛躍《あんちゅうひやく》を覆い隠すかのように、月がまた雲の奥に消えた。

（さて。俺は俺で、渡り合わねばならん相手がいる）

真夜中も近いが、訪ねて行ってたたき起こす決心だった。そのくらいしても、まだ釣りが来るはずだ。

大鷹は『君命』だと言った。

隼人が言ったとおり、贋金作りは、町奉行所が調べ上げて捕え処罰する。それが本来の姿だ。ところが今回は、町奉行所が動かず、寺社奉行の水野和泉守が動いて、大鷹に口封じを命じた。

となると、《甲子屋》で虫聞きの会に出ていた『雪之丞はんを買うてくれてはるお偉い方』も、この件の糾明《きゅうめい》に一枚嚙んでいる。雪之丞もまた。

（八）

「なんですのん、こんな夜中に。たいがいにしとくれやす」

　雪之丞はまだ寝とぼけていた。生意気にも羽二重《はぶたえ》なんぞを寝間着にして、顔をしかめ放題しかめてむずかっている。

「贋金の一件、けりがついたぞ。おぬしが気に病んで眠れずにいるに違いないと思うたから、こうして知らせに来た。剣突《けんつく》を喰らうとは心外だ」

　半分ふさがっていた目蓋が、ようやくまともに開いた。

「……そら、まあ。おおきにありがとうさんどした。おかげさんで、安気に寝れます。ほな、おやすみやす」

　返事がしばし遅れたのも、その中身にてんで安堵の気持がこもっていなかったのも、雪之丞らしくない不手際だった。寝入り端に寝床から引きずり出されれば、猿も四角達磨も木から落ちるわけだ。

「まだ『おやすみやす』にはならん。ちと確かめたいことがある。上がらせてもらうが、座敷が泥だらけになるのが嫌なら桶《おけ》に水をくれ」

雪之丞の三十間堀沿いの家は、庭のあるすっきりした佇《たたず》まいの二階建てだった。一昨年《おととし》の師走に焼け落ちた麴町《こうじまち》の屋敷よりずっとこぢんまりした構えながら、上がり框も畳も念入りに雑巾掛けがしてあって、泥足で汚すのは忍びない。

「いやもう、お話は明日うかがいまひょ。惣介はんもお役目があるやろし」

「気遣い無用だ。どうせ早番だからな。何なら朝までつき合うて、寝ないで登城してもかまわん」

断固、譲る気はなかった。鬱勃《うつぼつ》たる闘志が伝わったのか、雪之丞はわざとらしいため息とともに奥へ引っ込んで、なみなみと水を汲んだ桶を持って来た。

「足だけやなしに、手ぇも顔も小袖も洗うて欲しいくらいやけど、しょうがおへんな。上で睦月が寝てますよって、うるそうせんといておくれやす」

言われるまでもない。雪之丞さえ困らせれば気が晴れる。本音を言えば、寝ずに登城するなぞ真っ平だ。訊くべきことだけさっさと訊いて引き上げたい。

だから、庭に面した六畳間で雪之丞と向き合うなり、惣介は相手の嘘の本丸へ突進した。

「質したいことはいくらもあるが、どうしても知りたいのは――」

「そう急《せ》かんでもよろし。せっかくやし、ちょっとひと口――」

「えーい。その手は桑名《くわな》の焼き蛤だ。此度《こたび》の贋金のこと、町方も動かさず、まるで何ごともなかったかのように片づけたがるのは何ゆえだ。キリキリ白状しろ」

「そんなん、わからしまへん。わたしかて、たまたま贋金に当たってしもうて、えらい目ぇに遭いましたのに――」

「黙れ。あとひと言でも嘘を並べたら、俺は二度とおぬしとは口をきかんからな。そう思え」

雪之丞には「さよですか。ほなら、ほいでかましまへん」と突っぱねる手もあった。だが、そうは言わなかった。代わりにカクンと首を折って「かなんなぁ」とつぶやいただけだった。

「《甲子屋》で虫聞きの会に出ていた御仁は、何もかも承知だろう。その御仁の手伝いをして、俺をこの件に巻き込んだのはおぬしだ。だからこそ、睦月殿が《きえのね屋》の傍に控えていた。となると、おぬしがうっかり贋金を使いかけたひと幕も作り事だったに違いない。《きえのね屋》の番頭もぐるだったろう」

「ようご存じやおへんか。それやったら、わたしがお話しせんでも――」

「俺が『ご存じ』なのは、おぬしと虫聞きの会に興じていた御仁が、俺をこの件に巻き込んだ理由《わけ》だけだ」

理由はいたって単純。理左衛門が惣介の屋敷に出入りしていたから、だ。理左衛門にころりと騙されている惣介が、とんちんかんなまま探索を進めれば、贋金作りの一味が動く。そう見積もったのだ。動かなくても、それはそれ。どう転んでも、惣介以外は損をしない。

《きえのね屋》で幸右衛門と睦月の縁談話を語っていたとき、雪之丞は（虫聞きの会のお方も）、すでに理左衛門を怪しんでいた。だから、《くれない屋》の奉公人のことは何も知らない、と言った舌の根がびしょ濡れのうちに、『お知り合いやいう番頭の理左衛門はんに』と、口を滑らせたのだ。

「一杯食わされた挙句、雨の中を泥まみれでウロチョロする羽目になった。猿芝居の舞台裏を聞くまで、俺は決して帰らんぞ。寝床に戻りたかったら、さっさとしゃべるがいい」

雪之丞だけならまだしも、観音菩薩の睦月にまで、まんまと欺《あざむ》かれた。よほどの曰《いわ》くがなければ、おのれが間抜けすぎて泣くにも泣けない。

「ああ、もう。なんで見つかってしもたんやら……なあ、惣介はん。これ、わたしが話したこと、絶対に内緒どっせ」

いつも余裕綽々《よゆうしゃくしゃく》で、どこ吹く風を決め込んでいる雪之丞が、困《こう》じ果てた顔になった。いい気味だ。

「あのなあ、理左衛門らがこしらえた贋金。あれ、この如月に、幕府が作った二朱銀より、だいぶ銀の量が多かったんどす」

あまりのことに、しばらく開いた口を閉じるのを忘れた。

「そのあとに出た一朱金にいちゃもんがついてるとこへ持ってきて、こんな話が外へ漏れたら難儀どすやろ。そうか言うて、贋金作りを放ってもおけまへんし。そやから……」

幕閣のお歴々が、こそこそともみ消しに奔走した――。

(上様もご存じなのだろうか)

知っていたからこそ、あれほど食が細ったのだと思えた。こんなみっともない仕儀が表沙汰になれば、幕府こそ巨大な贋金作りの一味だと指差されてしまう。

体の力が抜けた。大鷹もこのことは承知だった。だからこそ、金杉水道町の鶏屋で、惣介が『こいつは、如月に改鋳になったばかりの二朱銀だ。贋金じゃあない』と胸を張ったときに、もの言いたげな顔になったのだ。

汚れ仕事を仰せつかり黙々と命に従った大鷹が、哀れでたまらなくなった。おのれが、これから諏訪町の組屋敷まで歩かねばならないことを思い出した。夜明け前に起き出して登城せねばならないことも。

「帰る。今度のことは許してやる。その代わり、《きえのね屋》で田楽を馳走しろ。次こそ、おぬしの奢りだ」

「今日みたいな御馳走《ごっつぉ》はもう出まへんけど、そいでもよろしですか」

「待て。もしやして、今日の《きえのね屋》の田楽は――」

「へぇ。あの騙し方はいくらなんでもえげつない思いましたよって、料理だけはわたしのほうで支度さしてもらいました。朝早ようから真崎稲荷まで行ったり来たりで、しんどおしたけど」

どうりで旨かったはずだ。すべてが行き届いていたわけだ。

（《きえのね屋》は一炊《いっすい》の夢か）

がっかりをもうひとつ上積みしたところで、幻と消えたものが他にもあることに思い及んだ。

（理左衛門の死を、ふみにどう話す……）

軒がばらばらと音をたてはじめた。また雨が降り出したようだ。

第三話　小一郎　春の隣《となり》

念仏坂脇《ねんぶつざか》の空き地へ躍り込むと、柊又三郎《ひいらぎまたさぶろう》の這《は》いつくばった姿が目に飛び込んできた。散々に殴られた様子で、四つん這いのまま体を引きずって逃げようともがいている。

「又三郎の大馬鹿。なんで俺が来るまで待たなかった」

叫んだ声が届いて、又三郎がこちらを見た。背後に、勝ち誇った面《つら》でいつもの三人組がいた。

こいつらとの争いがひどくなったのは、水無月《ろくがつ》の四谷天王稲荷祭りの折りだ。又三郎と二人、伝吉《でんきち》とヨシを連れて屋台を冷やかしているときに、伝吉が三人のうちの一人に突き当たられて転んだ。で、どっちが悪い、誰が謝るで口喧嘩《くちげんか》になって――。

今となっては、最初にどんなきっかけで諍《いさか》いが起きたのかなぞ、思い出せない。

たぶん向こうも忘れている。出会《でくわ》して目が合えば、すぐに喧嘩が始まる。争いの種はいくらでも湧いて出る。それだけだ。

ここ何日かは、この空き地とその隅にある傾きかけた仮小屋をどちらが自陣とするかで揉《も》めている。

「やい、又さぶ。喜べ。小さぶが助けに来たぞ。二人揃っても以下《いか》は以下だがなあ」

嫌な嗤《わら》い声が上がった。

小柄でぽっちゃりした小鹿万吉《こじかまんきち》が、ぴょんぴょんとおどけた足取りで前に進んで、又三郎の尻《しり》を蹴《け》った。又三郎が顔からどっと地面に倒れ込んで、ぐうとうめく。

瞬間、体中の血が一気に頭に駆け上って、鮎川小一郎《あゆかわこいちろう》は、万吉に向かって突進していた。体当たりを喰《く》らって、小柄な万吉がしたたかに尻餅《しりもち》をついた。

「このタコ、タコ、タコ」

三つの顔をいちいち睨《ね》めつけて、声にありったけの力をこめる。

「又三郎一人に三人がかりで。卑怯《ひきょう》者」

空き地の周囲にはもう人が集まりかけていたが、そんなの知ったことじゃない。

「なんだ。以下のくせに生意気な口をきくな」

一番図体《ずうたい》のでかい芋見《いもみ》右京《うきょう》が、わめき散らして小一郎の襟元をつかんだ。そのまま力ずくで引き寄せようとするから、はちの開いた頭を両手でがしっとつかんで、勢いよく頭突きをお見舞いした。

「いってぇ」

右京が額を押さえてその場にくたくたとしゃがみ込む。小一郎も一瞬目の前が黒くなった。頭をぶるっと振って身構え直す。と同時に、三辺《さんべ》鉄之助《てつのすけ》が殴りかかってきた。へっぴり腰で繰り出す拳《こぶし》には、速さも勢いもない。小一郎が楽々かわすと、鉄之助は勢い余ってたたらを踏んだ。

「そんな拳の使い方じゃあ豆腐もつぶせまい。へっぽこめ」

鉄之助は真っ赤になって向き直ったが、殴りかかってはこなかった。

「かかってこい、たこ鉄。次は鼻面をぶん殴ってやる」

「くそっ。御家人のくせに分をわきまえろ」

威勢のいい言葉とは裏腹に、鉄之助はじりっと後ずさりした。

「喧嘩に御家人も旗本も――」

言い返している途中で体が傾いた。万吉が脇からしがみついてぎゅうと引っ張ったのだ。体をよじって振り払うと、相手がすっ転んで土埃《つちぼこり》が舞った。息つく間もなく、今度は右京に右の袂《たもと》をつかまれた。びりびり音を立てて縫い目が裂ける。

「何をする。離せ」

引っ張り返した拍子に袂が千切れて体がのけぞった。そのまどっと地面に倒れ込む。間髪を容《い》れずに右京がのしかかってきた。拳固《げんこ》が鼻に飛んでくる。がきっと音がした。小一郎は無我夢中で手を伸ばし、右京の頬を力いっぱいつねり上げた。

「あああ」

右京がうめいて体の上から転がり落ちる。跳ね起きようとしたところで、鳩尾《みぞおち》を蹴られた。痛さで背中がくの字に曲がる。下から睨《にら》み上げると、鉄之助の意地の悪い光を帯びた目と左に歪《ゆが》んだ口元が見えた。こいつが三人の頭目だ。痩《や》せているし喧嘩は弱いが知恵が回る。こっちが形勢不利になったところで再びのご登場だ。

右京が馬乗りになって首を絞めにきた。小一郎はしゃにむに拳を振り回し、足をばたつかせた。目の端に、ようよう立ち上がった又三郎とそれを引き倒そうとする万吉の姿が映った。

「ええい、やめい、やめい」

合羽坂《かっぱざか》の方角から、凛然《りんぜん》たる叱声《しっせい》が上がった。聞き慣れた声だ。

「まずい。逃げるぞ」

鉄之助が舌打ちとともに吐き捨てた。右京が絞めていた襟首を放して立ち上がった。三人分の足音が、我がちに念仏坂を下っていく。

大の字になって咳《せき》をひとつ。鼻の下のヌルヌルを拭《ぬぐ》うと、手の甲に血がついた。あふれた鼻血で口の中が鉄臭い。おまけに土粒で舌がじゃりじゃりする。途端に、やりきれないような、厭《いと》わしいような、耐えがたい気持が腹から胸へと一気に昇ってきた。思わず「あー」と声が出た。

閏葉月《うるうはちがつ》の空が青くて高い。その空と小一郎の間をさえぎって、弓術指南、二宮一矢《にのみやいちや》の顔が、こちらを見おろした。

「小一郎。お前は何のために弓術の鍛錬《たんれん》をしているのだ。つまらん喧嘩をするためか。情けないと思え」

厳しい声音だった。返す言葉もない。

小一郎は歯を食いしばって目を瞠《みは》った。泣いてしまわないように。

（一）

「今日も朝も昼も晩も食べてくれませんでした」

志織《しおり》は、話すそばから涙声になった。

「放っておけ。水さえ飲んでいれば、滅多なことにはならん」

鮎川惣介《そうすけ》は、努めて平静を装いつつ足を拭《ふ》いた。育ち盛りの若い者が、丸二日も飯粒ひとつ口に入れていないのだ。案じていないと言えば嘘になる。志織がおろおろするのも当たり前だ。しかし――。

「勝手に意地を張って、親に気を揉ませているのだ。こちらから頼んで膳《ぜん》を運ばせてもらう義理はない。小一郎のほうからきちんと詫《わ》びを入れ、喧嘩について申し開きするのが筋だろう」

この順序を譲る気は毛頭《もうとう》なかった。

雨と出水《でみず》に難儀した葉月が終わると、閏葉月は上天気で始まった。潮の匂いの混じった秋の風が、高く晴れ渡った空を吹き抜けて「葉月の不始末の埋め合わせでございます」と挨拶《あいさつ》していく。そんな日が三日つづいた。

浮き世には良いことはふたつないもので、上天気三日目の日暮れ方、小一郎が、弓術を指南してもらっている二宮一矢に連れられて、足を引きずりながら帰ってきた。鼻頭の周囲が青緑色になって、額には大きな瘤《こぶ》がひとつ。手も足も擦り傷だらけで、袂は千切れ小袖《こそで》はほころび、体は土埃にまみれていた。

「友の柊又三郎を守るために、三人を向こうに回して暴れたのです」

小一郎の手当を鈴菜《すずな》にまかせて表座敷に落ち着くと、一矢の口から弟子をかばう師匠の思いがあふれ出た。親としてはただひたすらありがたく、頭を下げるのみだ。

「喧嘩の相手も同じ年頃で、身なりからして旗本の倅《せがれ》でしょう。又三郎はだいぶん怪我が重いですから、小一郎がかばわなければ手足が折れていたやもしれません」

惣介が礼と詫びを繰り返す間に、一矢は淡々と経緯《いきさつ》を語って、畳に手をついた。

「わたしが指南していながら、このような仕儀になり面目次第もござらん。闇雲に争わないことこそが、武術修行の目指す境地だというのに」

一矢は悪くない。

御家人の倅と旗本の倅の喧嘩は、連綿《れんめん》とつづいてきた悪しき伝統だ。「(御目見《おめみえ》)以下のくせに」「こっちが以下ならそっちはタコだ」と、しょうもない洒落《しゃれ》で罵《のの》り合う口喧嘩は日常茶飯。石の投げ合いや素手での殴り合いもたびたび起きる。

殊勝なことを言っている一矢も、身に覚えがあるに違いなかった。

惣介も十四、五の頃には、片桐隼人《かたぎりはやと》と連れだって喧嘩に赴《おもむ》いた。(その頃は邪魔な腹はなかった。動きも敏捷《びんしょう》だった――はずだ)敵はやはり旗本の小倅どもだった。

二十五年の歳月が流れて、その頃の喧嘩相手の一人は、御持筒頭になって澄ましている。他の一人は御納戸衆《おなんどしゅう》の家へ婿に入った。手習いの師匠になった奴までいる。

そんなもんだ。

だから、ぎゅうぎゅう叱る気はなかった。小一郎とじっくり話をして、大きな怪我を防ぐ手立てを講じればよい——そんな心づもりで、奥の六畳間をのぞいたのだ。

ところが、仕切りの襖《ふすま》を開けるやいなや、「入らないで下さい」と喧嘩腰の声が飛んできた。見れば、北向きの壁と西の障子戸に向かい合わせて、屏風《びょうぶ》が一双《いっそう》。物置に置いてあった古びてシミのできた代物だ。小一郎は、それを急ごしらえの砦《とりで》として、中に立てこもっていた。

「世話をかけた師匠を見送りもせず、挙句がその言い草とは。不作法の稽古《けいこ》中か。俺はこの家《や》の主《あるじ》だからな。厠《かわや》でも押し入れでも、入りたいと思えば入る。指図を受ける筋合はないぞ」

言い捨ててズカズカ中まで進むと、小一郎は北側の壁にもたれて畳に尻をつき、立てた両膝《りょうひざ》に顔を埋めていた。面倒臭くふて腐れてと思うと、小言を五つ、六つ並べたくなる。そこをぐっと堪《こら》えて、惣介は無理矢理に口角を持ち上げた。

「叱りに来たわけじゃない。事の次第を訊《き》きたいだけだ。口喧嘩なら親の出る幕はない。だがなあ、互いに手を出し合ったとなるとそうもいかん。放っておくか、詫びにうかがうか、尻を持ち込むか。仔細《しさい》を訊いた上で決めねばならんだろう。何がきっかけで喧嘩になった。先に手を出したのはどっちだ」

小一郎が口の中でもごもごと何か言った。

「何だって。それじゃあ聞こえない。なあ、小一郎。父は――」

「うるさいなあ、と言ったんです。放っておいて下さい」

胸に冷や水をぶっかけられた心持になった。

小一郎は幼い頃から口達者で、屁理屈《へりくつ》を並べ立てるのが得意だった。叱りつければ口答えする。雷を落とせば悄気《しょげ》た様子になるが、喉元《のどもと》過ぎれば何とやらで、行いも態度も一向に改まらない。そのくせ、親にはなんだかんだと意見をする。

しかし、話すのを拒まれたことは一度もなかった。心にピシャリと戸を閉《た》てて殻《から》にこもる――そんな姿を見るのは初めてだ。

（志織がおらんでよかった）

まずそう思った。

親の掌《たなごころ》の上で遊んでいると安心しきっていたら、倅は知らぬ間に掌から飛びだし、霞《かすみ》の奥へ歩み入ってしまっていた。

子を育てるからには避けて通れぬ道筋だ。子どもはいずれ大人になるとわかっているつもり、覚悟は出来ているつもりでいる。それでも、いざ目の当たりに突きつけられれば、鳩尾をどやされた気分になる。

乳を飲ませ、襁褓《むつき》を替え、夜泣きに泣かされ、下がらぬ熱に気を揉み、してきた母親なら尚《なお》のことだ。

(焦りは禁物だ。小一郎が話す気になるまで待ってやるのが良かろう)

惣介はゆっくりふたつ息をして、それから口を開いた。

「わかった。いずれ——」

話したくなったら聞かせてくれ、と言うつもりだった。が、小一郎がとげとげした口調でさえぎった。

「わかったとは、何がわかったのです。父上にわかるはずがない。あくせくとお役目を果たして、嬉《うれ》しそうに丼飯《どんぶりめし》を食べて、悩みなどないのでしょうから」

えらい言われようだ。しかし、ここで血相を変えては大人の面目がつぶれる。

「父にも悩みくらいあるぞ。母はもっと辛《つら》い思いをしている。小一郎が次はひどい怪我をせぬかと案じて——」

「誰も案じてくれとは頼んでません。余計なお世話だ」

伏せていた顔をがばっと上げて、小一郎がこちらを睨んだ。団子の鼻の周りが青紫色に腫《は》れている上に、丸い顔が怒りでまだらに赤くなっているから、出来の悪い汐見饅頭《しおみまんじゆう》みたいな有り様だ。惣介は苦心して、笑いを喉の奥に押し込んだ。

「産んでくれと頼んだ覚えもありません。生まれたってどうせ歳をとって死ぬだけなのに深く考えもせずに子を産んで、愚かにも程がある。こっちはいい迷惑です。父上だって、そうじゃないですか。世間にどう顔向けするかばかり考えて――」

「世間を先にしたつもりはない。どう後始末をつけるか、小一郎の考えを聞いて決めようとしたのだ。それがわからんようでは困る。母上も決して愚かではない。愚かなら、小一郎も鈴菜も、今のように健やかには育っておらんだろう」

「……ああ、もう、ごちゃごちゃと。いいです。いいったらいいです」

小一郎の金切り声が座敷にわんわんと響く。刹那《せつな》、襖がぱんと音を立てて開《あ》いた。

座敷の外に鈴菜が仁王立ちしていた。

「父上に当たり散らすのはおよしなさいな、小一郎。愚かなのはお前でしょうが。どうせ、つまんないことで言い争って、挙句に殴り合いになっちまったんだ。あんまり恥ずかしくって理由《わけ》が話せないのを、わめいて誤魔化してんでしょうよ」

「うるさい、うるさい。わたしがつまらないことで喧嘩しようが、死のうが生きようが、勝手です。姉上には関わりないことだ。口出しご無用。おのれの始末くらい、おのれでつけられる。ほっといて下さい」

「へえええ、そうでござんしたか。ご立派な小一郎殿は、おのれのことは何でもおのれでやれると。大したもんでござんすねぇ。道理で、あたしが傷を洗ってやっても鼻を冷やしてやっても、礼のひと言もないはずだ。痛いだの下手くそだの、文句ばっかし言い立てて。挙句にぜぇーんぶ独りで片づけたおつもりでいらっしゃる」

なるほど。

姉心で親身に手当したのに、小一郎は仏頂面で礼も言わなかった。腹に据えかねていたところへ、「鴨《かも》」ならぬ「小一郎」が、「葱背負《ねぎしよ》って」ならぬ「父親を困らせて」いる場に出会した。で、これ幸いと、立て板に水で弟をやりこめているわけだ。

「独りで片づけた、などとは言うておりません。けれど、わたしは……」

小一郎が口ごもった。親には好き放題言うくせに、対姉となると、どういうものかこの弟は、横板に雨だれで、返答につかえるようだ。

元服したとはいえ、小一郎はまだまだ未熟。惚《ほ》れたのなんのと騒いでいても、鈴菜も今以《いまもっ》て嘴《くちばし》が黄色い。

「鈴菜、待て待て。小一郎には小一郎の思いがある。そうツケツケ言われては立つ瀬がなかろう」

「父上はいつもそのように小一郎を甘やかす。そんなだから、気ままを通して好き勝手しても許されるって、勘違いしちまうんです」

いや、『気ままを通して好き勝手』しているのは小一郎ばかりではない。指摘してやりたいのはやまやまだが、あとが怖い。

おまけに、この家で『気ままを通して好き勝手』なのは、鈴菜と小一郎だけではない気がする。惣介自身も志織もそれぞれに気ままを通してはいまいか。『気ままを通して好き勝手』出来てこその身内、とも思えて腰が引ける。

(父子《おやこ》で胸を割って話すつもりが、いつの間にやら姉弟《きょうだい》喧嘩になった。さて、どうしたものか)

迷って手をこまねいているうちに、小一郎が拳を握って立ち上がった。

「もう我慢なりません。お二人とも出ていって下さい。この家では独りになりたいと願うのも気ままなのですか」

そんなことはないぞ、と声をかけるひまもなく、先に鈴菜がしゃべり出した。

「そりゃ、ふだんなら気ままとは言われないでしょうよ。けど今日の小一郎には、外で頓馬《とんま》な喧嘩をやらかした咎《とが》がござんすからね。だいたい『おのれの始末くらい、おのれでつけられる』と大口を叩《たた》くくせに、父上の屋敷にいて、父上の禄《ろく》で炊いたおまんまを頂戴《ちょうだい》しようってんだから、ちゃんちゃらおかしくって――」

「鈴菜、たいがいにしろ。口が過ぎる」

大きな声を出してようやく鈴菜が黙った。黙っただけでは済まずに、きゅっと唇を尖《とが》らせ、三角になった目でこちらを睨み据え、それからぷいっと座敷を出て行った。大鷹源吾《おおたかげんご》は、この娘の扱いにくさや気性のきつさをちゃんとわかっているのだろうか。まことに覚束《おぼつか》ない気持になる。

一方、小一郎も小一郎で姉と同じように口を尖らせ、むうとふくれ上がっていた。団子の目には、涙の粒がこぼれ落ちる寸前で止まっている。今、何をどう語りかけても、まともに話が通じるとは思えない。

「今夜はもうよそう。独りでよく頭の中を整頓《せいとん》すればいい。何なら夕餉《ゆうげ》の膳もこちらに運んで――」

「……夕餉は要りません。今後は、父上の禄で誂《あつら》えて下すったものは、二度と口にいたしません」

「小一郎。お前もたいがいにするがいい。意地を張っても前には進めんぞ。どうせ頑張るなら、もっと別の――」

「意地じゃありません。わたしなりのけじめです」

つくづく嫌になった。けじめがどうのと大人びた口をきく才覚があるなら、拗《す》ねて筋違いなことを言い張る見苦しさにも気づいてもらいたい。相手にするのも馬鹿馬鹿しくて、くるりと背を向けて座敷を出た。

惣介に負けず劣らず大食らいの倅である。食べずにいられるはずがない。そう高をくくっていたところもある。

ところが、翌朝になっても小一郎は折れなかった。

厠には行く。台所に来て水は飲む。それ以外は屏風の向こうに引きこもって過ごし、勧められても膳には手をつけない。話しかけても返事をしない。そんな風で一日過ぎた。せっかくの非番が台なしになった。

それでも、今日、遅番で登城するときには、戻る頃には音を上げているだろうと見込んでいた。ところが、下城した惣介を出迎えたのは、志織の途方に暮れた顔だったというわけだ。小一郎は、都合七回、飯を抜いた勘定になる。

（二）

「わたくしが声をかけても聞こえぬふりです。顔色も悪くなりました。それにずいぶん痩せたようでございます」

袴《はかま》を脱いで着替える間も、志織は傍にいて、かき口説きつづけた。炉端に腰を下ろしたときには、オロオロ声だけに任せてはおけぬとばかり、涙顔まで加勢に駆けつけていた。これまで散々に食べて身に蓄えているのだ、そう簡単に痩せはしまい、と思ったが、いらぬことを言って志織にまで拗ねられたらお手上げだ。

「ここはお前様が一歩譲って、食べてもよいぞと許してやって下さいまし。そうすれば小一郎も気兼ねなく膳に向かえるに違いありません。お願いいたします。意地を張るのはよして下さいませ」

「なぜそうなる。意地を張っているのは小一郎だ。そもそも、俺が飯を食うなと言うたのではない。小一郎が食わんと言い出したのだ」

「言うた、言わないの話じゃございません。申し上げたいのは、親子喧嘩を終わらせる手立てのことでございます」

きっかけは親子喧嘩ではない、姉弟喧嘩だ——と足掻《あが》くのさえ阿呆《あほ》らしくなった。志織は心配のあまり東西を失っているのだ、と考えて許してやることにした。

だから、

（俺もまだ夕餉にありついていないが、それは気にならんのか。瘦せるぞ）

と、腹のうちでつぶやいて口に出すのは辛抱した。

「どれ、屏風の砦の向こうまで膳を持っていって、よく話してみよう。支度してくれ。俺の膳も一緒に頼む」

ついでにおのれの分もすべりこませるのは、辛抱しなかった。

出てきたのは、油揚げとつまみ菜の味噌汁に冬瓜《とうがん》の煮物。それに磯菜卵《いそなたまご》だった。飯はどちらの膳も丼飯である。

末沢主水《すえさわもんど》への料理指南が前より簡略になった分、ふみは志織の手伝いを熱心にやってくれている。おかげで、鮎川家の食事は格段に質が上がった。飯の炊きあがりはいつでもホコホコツヤツヤ。出汁《だし》は旨味《うまみ》と香りに満ちている。これまでと同じ昆《こん》布《ぶ》と鰹節《かつおぶし》を使ってとったとは、とても思えない。質素ながら献立も豊富になった。

味、出来栄え、菜の種類、三拍子揃って大躍進《だいやくしん》を遂《と》げたわけだが、何よりありがたいのは、飯にまつわる夫婦喧嘩がなくなったことだ。

志織はまな板や包丁と相性が悪いし、惣介は惣介で役目柄ついつい不平を並べてしまう。果ては犬も食わない口争いが勃発《ぼっぱつ》する。夫婦になって十五年以上、日々その繰り返しだった。

ふみの料理の腕は、その件をきれいさっぱり片づけてくれたのである。

今日も、しっかり油抜きをした油揚げとまだしゃきしゃき感を残したつまみ菜は、香り立つ味噌汁の中にふっくらと収まっている。飴色《あめいろ》に煮上がった冬瓜には、出盛りのしめじ茸《たけ》をひと煮立ちさせて足し、あんかけに仕上げてある。まことにありがたい。

磯菜卵は、玉杓子《たまじゃくし》に割り入れた生卵を、塩と酢を加えた湯の中へそっと落して作る。茹《ゆ》であげたら鉢に盛り、出汁、醬油《しょうゆ》、味醂《みりん》で蕎麦《そば》つゆよりやや薄目に仕立てた汁をかける。薬味は季節により好みにより変わるが、今日は、上から粉にした青海苔《あおのり》を振り、山葵《わさび》が添えてあった。

この磯菜卵。もう何年も、鮎川家の膳に載ったことがなかった。志織が「金輪際《こんりんざい》作りません」と匙《さじ》を投げたからだ。

割った卵を茹でるだけ、と手間は少ないが、鍋《なべ》の際《きわ》から卵を滑り込ませるやり方にこつがある。しくじると、湯に白身が散って黄身と白身がばらばらになってしまも、この手のこつを会得するにも向き不向きがあって、志織がどれだけ稽古しても、ついに白身はひとまとまりになってくれなかった。

今宵《こよい》の鉢の中の磯菜卵は、白身がみごとに丸く黄身を包《くる》み、白いお包みの内では黄身がちょうど良い固さでこんもり盛り上がっている。言うまでもなく、ふみがこしらえたのだ。

（この膳を目の前に出されて飛びつかぬようでは、小一郎は台所人には向かん）

ほくほくしながら六畳間の手前まで来て、惣介の足は止まった。襖の内から、沢庵《たくあん》を混ぜ込んだ握り飯の匂いがしたのだ。

足音を忍ばせて近寄ると、座敷の中から伝吉の声がした。

「小一郎兄さん、チャンと嚙《か》んで食べな。そうしねぇと腹痛《はらいた》になるって、おっかさんが言ってたよ」

この家に住みついて間もなかった去年の秋に比べると、伝吉のおしゃべりはたいそう上手になった。それは喜ばしいことだが、しゃべっている中身は喜ばしくない。

惣介は音を立てないように膳を下ろし、それから、ひと息にすぱんと襖を開けた。

「小一郎。この家の飯は食わんのではなかったか」

言い様《ざま》、座敷を横切って屏風を引き倒すと、小一郎が団子の目をいっぱいに見開いて立ち上がっていた。鼻のあざは赤紫色に変わりわずかながら小さくなったようだが、口元のふて腐れの影は相変わらずだ。手には食いかけの握り飯。足元の皿にはまだ手をつけていない握り飯がふたつ。皿の隣に小鉢に盛った金平糖《こんぺいとう》があった。

「金平糖は姉上が誂えてきたんです。頼みもしないのに。この金平糖は作るのに手間隙《ひま》がかかっているし値も張るのだから粗末にするなだの、舐《な》めれば詫びの言葉も浮かんでくるだろうだの、勝手なことを吹き散らかして置いていったんです。わたしのせいじゃありません」

さすがの鈴菜も、今度ばかりは不安になったのだろう。露草《つゆくさ》で染めた青、梔子《くちなし》で染めた黄、紅花《べにばな》で染めた赤。色とりどりの砂糖菓子が、姉娘の代わりに「ちょいと言い過ぎちまったねぇ。ごめんよ」と詫びているみたいだ。

（人をぐうの音も出ないまで追いつめてはならんと、気づいてくれたならいいが）

惣介が出来栄えのいい金平糖にしばし目を奪われている間も、小一郎の弁明はつづいていた。

「そ、それに、むすびはこの家の飯で作ったものじゃございません。ふみさんが給金で買った米と沢庵で握ってくれたむすびです。けじめは守っておりますからね」

ばつが悪くて、とっさに飛びだした言い逃れだ。それはわかっていた。が、腹に据えかねた。聞き捨てならない。

「さもしいことを言うな。恥を知れ」

大声で怒鳴ったから、伝吉がおびえて小一郎の背中に隠れた。

「ふみは朝から晩までよう働いてくれる。それでも、俺の払える給金なぞたかが知れたものだ。その稼ぎに甘えておいて、どこがけじめだ」

「ですからこれは、ふみさんが心配して握ってくれたのです。わたしが頼んだのでは――」

「また、頼んでいないと言うか。父、母、姉だけでは足りず、今度はふみのせいにするのか。おのれは悪くないと逃げるのか」

これでまだ四の五のほざくなら、性根が腐っている。だが、小一郎が口を開く前に、その背中から伝吉が顔を出した。

「小一郎兄さんは、食ったら、はあ上にごめんなさいするってゆったよ。怒っちゃ、かあいそうだ」

回りきらぬ舌で主張して、また小一郎の背中に隠れる。だが、残念ながら、その背中は頼りにならなかった。小一郎がすとんと座り込んで泣きだしたからだ。

「兄さん、泣かねぇでいいよ。おっかさんの握り飯、食べな。なあ、食べなって」

伝吉が小一郎の膝を揺すって、惣介を睨んだ。

「食っちゃいけねぇのかい。おっかさんの握り飯、旨いのに」

幼子の訴えが胸に沁《し》みた。伝吉には、惣介がなぜ怒鳴ったのかわかるまい。それでも、おっかさんの握り飯が因《もと》になっていることくらいは、感じ取れる。だから一生懸命になって、握り飯をかばっているのだ。

「……伝吉。旦那《だんな》を困らせんじゃないよ。いいから、こっちぃおいで」

いつの間に来ていたのか、すぐ後ろでふみの声がした。伝吉がおびえた仔猫《こねこ》のように走って脇をすり抜けた。すっかり嫌われたらしい。

「旦那。余計なことをしちまったみたいで、すんません。二日も食べないじゃあって、心配になっちまったもんだから。あとでご新造《しんぞ》さんにお話ししとくつもりだったんですけど……」

「いや。よいのだ。手数《てかず》をかけてすまなんだな」

詫びるべきはふみではない。惣介でもない。が、ご本尊は泣きじゃくっているばかりで話にならない。

小一郎の無様はさておき、惣介はふみの気持が嬉しかった。ふみも伝吉も、「鮎川」という舟に身を寄せ合って、ともに浮き世を渡っているのだ。そう感じたのは、これが初めてではなかった。

理左衛門《りざえもん》が大鷹に斬られた翌日、惣介は城から帰ってすぐ、ふみと話をした。《くれない屋》の番頭は行き方知れず。一件はそれで幕引きになるに違いなかった。だが、それでは、ふみが諦《あきら》めきれずに理左衛門を待ってしまう。細かな事情は打ち明けられないにしろ、ろくでもない奴だったことくらいは知らせてやりたい。そう考えてのことだ。

ところがふみは、思いがけない返事を寄越した。

「ああ、やっぱし。旦那、隠さなくても、あたしは平気ですよ。どうせ、悪いことをしてお縄になっちまったんでござんしょう」

「……気持は無理に抑え込まんほうがいいぞ。ふみは理左衛門に、その、何だ」

「惚れてたんだろう、って仰《おっ》しゃりたいんでしょう。そりゃまあ、ちやほやしてもらうのは、まんざらでもなかったですからね。ちょいと浮いた心持になりましたけど……どうも変ちきな気がして」

「どこが変ちきだったのだ。よもや悪事に誘われたのではあるまいな」

「やだ、違いますよ。あのねえ、旦那。至れり尽くせりに気が回って、聞いて嬉しい科白《せりふ》を湯水のようにじゃぶじゃぶ浴びせてくれて、いっつもあたしのことを一番に考えてくれんですよ。あんな男は、浮き世にいるもんじゃござんせん。嘘臭くて変ちきでしょうが」

それで合点《がてん》がいった。

理左衛門はこの家の内情を探るために、ふみを手なずけにかかった。それなのに、惣介の鼻が他の者にはわからない微《かす》かな匂いを嗅《か》ぎつけることも、大鷹が鈴菜と恋仲で鮎川の家に縁が深いことも、丸っきり知らずにいた。

ふみが理左衛門の『変ちき』に感づいて、口を閉ざしていたおかげだ。奉公人の忠義ではない。ともに暮す皆を守ろうとする口の堅さだ。

ふみ——と伝吉——に、とびきり親身なひと言を伝えたい。そう考えて言葉を探しているところへ、志織が顔を出した。

「お前様。御徒組《おかちぐみ》の柊様がお出《い》でです。急いでおられるようでございますよ」

小急ぎに応対に出たものの、座敷の外に下ろした膳に未練が残った。放っておいても小一郎には膳が出る。もう『要りません』とは言うまい。だが、惣介のほうは、客を前に飯をぱくつくわけにはいかない。

（三）

柊又三郎の父、御徒衆《おかちしゆう》の柊克太郎《かつたろう》は、夕明かりの表の間に、端座《たんざ》して待っていた。

御徒衆は、七十俵五人扶持《ぶち》。将軍が城の外へ出かけるときの警護を役目とする。毎年、土用の少し前から葉月の半ばまで、浅草の諏訪町河岸《すわちようがし》に水練小屋を設《しつら》えて水泳の稽古をし、夏には水練の上覧《じようらん》もある。

そんなだから克太郎はよく陽に焼けていた。肩が分厚く胸から腰にかけて三角に引き締まった体つきは、河童《かつぱ》と泳ぎ比べが出来そうだ。城中は無論のこと、手習い所の行事の折りにも幾度か顔を合わせてきたが、折り目正しい落ち着いた態度といい端整な顔立ちといい、如何《いか》にも又三郎の父親《てておや》らしい人物だ。

それが今日は、頬が青ざめて目の下に隈《くま》ができ、眉《まゆ》も曇っている。

「おくつろぎのところをお邪魔いたし、ご容赦願いたい。実は……又三郎が今日の昼九つ過ぎ（午後十二時頃）に母親と口争いをしてふいと出かけたきり、未《いま》だ帰っておりません。先日の喧嘩で足の筋を傷め腫れが残っていますので、七つ（午後四時頃）には医師に診てもらうはずでした。ですが、それも反故《ほご》にして戻らなかったのです」

又三郎は、小一郎よりひとつ年かさの十六歳である。すでに月代《さかやき》を剃《そ》った立場ではあるし、時刻もまだ暮れ六つ（午後六時頃）を過ぎたばかり。世間の通り相場なら、そう案じるには及ばない。だが、又三郎の几帳面《きちょうめん》な質《たち》と足の腫れを考え合わせると、相当に気がかりなことになる。

「いつも親しくしていただいている小一郎殿と共にいて、楽しさに刻限を忘れているのだろうと考え迎えに参ったのですが、どうやら違っていたようです」

うろたえても不思議はない事態でありながら、克太郎は驚くほどおのれを律していた。

「他にどこか心当たりがおありですか」

「いいえ、鮎川殿の御屋敷が最後の頼みの綱だったような次第で」

克太郎の声が初めて揺れた。

「すでに家の者で手分けして組屋敷の周囲を捜し、顔を出しそうなところへもそれとなく聞き合わせてみました。ですが、どうにも見つかりません。先日の喧嘩の件をそれがしが厳しく叱ったこともあって、この二日ほど又三郎は鬱々《うつうつ》としておりましたゆえ……」

なるほど。欠落《かけおち》（家出）を心配しているのだ。

前髪の頃なら迷子で済むことも、元服したあととなると、見境なく家を飛び出したと判断される。又三郎は次男坊だが、家出をするような若造と世間で評判になれば、先々の仕官や養子縁組みの折りの傷ともなる。できれば他人には知られず連れ戻したいに違いない。

小一郎と一緒に遊びほうけていて暮れ六つの鐘に驚き、諏訪町から市谷《いちがや》の中御徒《なかおかち》町《まち》まで半里ほどの道を駆けに駆けて帰ってくる。医師の手当を失念していたことをうつむいて詫びる――そう当てにしたのも理解できた。

だが、又三郎も小一郎同様に厄介な年頃にさしかかっている。

もう素直な笑顔でまとわりついてくれる子どもではない。かといって、分別のある行いが出来るほど大人でもない。親を冷えた目で見て逆らい、当てつけや反発で向こう見ずなこともやらかす。

「小一郎が何か聞いているやもしれません。質《ただ》してみましょう」

惣介の言葉に黙ってうなずいて、克太郎が小さく息を吐いた。

「又三郎は無茶な真似はしません。約したことを、むやみに反故にしたりもしません」

小一郎は断じた。

「戻らないのではなく、戻れないわけができたのです」

あくまで友を信じて譲らないのは、なかなかだと思う。同じ歳の頃、隼人が行方知れずになったなら、惣介もやはり小一郎と似たことを断言したに違いない。

だがそれを聞いた結果、克太郎の顔色は一段と悪くなった。戻らないのはただの反抗だが、戻れないとなると命まで危ぶまれてくる。

おまけに肝心の行き先について、小一郎はほとんど手駒を持たなかった。

二宮一矢の道場、又三郎と小一郎がともに通っていた草村遊水《くさむらゆうすい》の手習い所——挙がったのは、どこもすでに柊家が当たり終えたところばかり。

「……他にも、この場所、この御屋敷と名を挙げることは出来ませんが、祭りや遊びで歩いた町や通りがあります」

我ながら役立たずだと思ったらしく、小一郎が大急ぎでつけ足した。

「これから出かけて、又三郎が一刹那でも立ち止まったところは、すべて見て参ります。わたしが必ずや捜しだします。どうか御休心下さい」

『御休心』したかどうかはわからないが、克太郎は懇《ねんご》ろに礼を言って立ち上がった。

厳しく鍛えた体が、一瞬ふらついた。

他人事《ひとごと》ではない。子を得た刹那から、親は失うことを恐れ始める。普段は胸の片隅にあって見えなくなっているが、病や不慮の出来事によって、それは表に現れる。何としても又三郎の無事な姿が見たい。それもできる限り早く。惣介もまた、心の底から願わずにいられなかった。

「父上。柊様には申し上げなかったのですが」

克太郎を総門で見送るとすぐ、小一郎が口を開いた。

「如月《にがつ》十一日の火事で焼けた市谷谷町《いちがやたにまち》に、まだ仮小屋の残った空き地がありましてね。葉月の終わりにわたしと又三郎が見つけて、二人のものとしたのです」

いや、お前たちのものではない。空き地には持ち主がいるし、仮小屋も建てた者がいる。と、心得違いを正したいところだが、ここでまた臍《へそ》を曲げられては、捜せるものも捜せない。

「しかしながら、三辺鉄之助とその仲間二人が、非道にもあの空き地を狙っているのです。又三郎は奸計《かんけい》に陥り、彼奴《あやつ》らに捕らわれているのやもしれません。そうなると命が危うい」

いや、だから、そもそも他人様の土地を勝手に取り合っていることが、道に外れているのだし、『奸計』云々《うんぬん》の物言いは大げさであり、又三郎が喧嘩相手に捕まっているなら、生き死にの心配はいらないと思われ——何より、詫びの「わ」の字もなく話が進んでしまって、どうにも納得がいかない。

『父上、まことに申し訳ございませんでした。此度《こたび》のような情けなく童《わらべ》しい真似は二度といたしません』

とかなんとか、土下座してくれるなら、寛大に微笑む用意がある。『嬉しそうに丼飯を食べて、悩みなどない』と決めつけられたが、嬉しそうに丼飯を食べていても悩みぐらいあるというのもわかってほしい。

（ま、所詮《しょせん》、ない物ねだりか）

親のほうも、子の迷いや思い煩《わずら》いを、すべて察しているとは言い難い。

とまれかくまれ、喧嘩相手の一人が三辺鉄之助という名であること、争いの火種のひとつが念仏坂の空き地であること、二日前に訊き出し損ねた事訳《ことわけ》が、少し明らかになった。

「捕らわれているとは限らんぞ。喧嘩のことでずいぶん叱責《しっせき》されたようだから、屋敷を飛びだして仮小屋にこもっているとも考えられる」

「又三郎はわたしの友ですからね。ものの道理はよくわきまえています。怪我の治らぬ身で家を飛び出したりはしませんよ」

小一郎の友でいるからこそ、又三郎の思慮分別が危ぶまれるのだ。が、そこは聞き流すとして、怪我が家出を思いとどまらせる因になるのは確かだ。にもかかわらず他のどこにも立ち寄っていないとすれば、又三郎が念仏坂の仮小屋にいる見込みはかなり高い。

中御徒町から念仏坂まではごく近い。憂さ晴らしのため歩きに出てひょいと仮小屋へ足が向くのは、充分あり得る話だ。そこで奇禍《きか》に遭ったとしたら――。小一郎は深く考えもせずに三辺鉄之助とその仲間を疑っているが、もし又三郎が念仏坂の仮小屋にいるとしたら、大人に捕らわれている恐れやひどい怪我をして動けなくなっている場合も勘定に入れねばならない。

柊克太郎を呼び戻そうかと考えて、すぐに思い直した。万万一、無残なことが起きているならば、見つけるのは親ではないほうがいい。

（まずは小一郎の道案内で、空き地と仮小屋の在処《ありか》を確かめる）

場所が知れたら、小一郎は伊賀町《いがまち》の隼人の屋敷に預け、大人だけで取って返す。隼人と一緒なら、仮小屋で何が待っていようと心丈夫だ。

「よし。小一郎、父の腹ごしらえが済んだら、すぐに出るぞ」

言って戻りかけると、小一郎が立ち止まったまま呆《あき》れた声音になった。

「こんな危急の折りに、のんびり夕餉ですか」

「小一郎は食べておらんのか」

「いえ。せっかく支度して下さった膳ですからね。いただきましたよ。ふみさんの握り飯も頂戴しましたし、姉上の金平糖も仕方がないから食べて差し上げました」

自身は腹いっぱい食べておきながら、甘い物までちゃっかり頂戴していながら、得手勝手にも程がある。だがここは、怒るより躾《しつけ》だ。

「それでよい。飯を食うのは無駄でも寄り道でもない。どんな企ても先《ま》ずは飯から始まる。その下拵《したごしら》えがあってこそ、何ごとも首尾よく成し遂げられるのだ」

父親の威厳を示して、惣介は我が家の台所を目指した。さっき六畳間の入り口に置いた膳が、腹の虫を差し招いている。

（四）

「倅も大きくなると厄介なものだな」

提灯をふたつ揺らして市谷谷町へ向かう途中、隼人は二度も三度もため息をついた。又三郎の行き方知れずと小一郎の引き起こした騒動を聞いて、仁《まさし》の先行きを案じているのだ。

「何、まだ十年は先の話だ。それまでの間、子は親の掌にいて、そのあと何をしでかしても釣りがくるほど嬉しい思いをさせてくれる」

「十年経ったら、俺は五十だぞ。立ち向かってくる仁を受け止めきれるのか」

「ふん。気弱なことを言うな。おぬしなら還暦を越えていても倅に勝つだろうよ。取り越し苦労はやめて、今を楽しむがいい」

五十の隼人をやり込めるのは仁ではなく信乃《しの》だろう、と見当もついたが、武士の情けで黙っておいた。宿直《とのい》明けの草臥《くたび》れた体で、つき合ってくれているのだ。下手なことを口にして、帰ると言い出されては困る。

念仏坂は、市谷谷町の真ん中を西から東に登る石段の坂だ。登り切ったところに尾張《おわり》家の鉄砲場がある。伊賀町からだと、荒木横丁《あらきよこちょう》を左に折れ、御先手組《おさきてぐみ》の組屋敷が建ち並ぶ一帯をぐるぐる大回りしてたどり着く。

宵五つ（午後八時頃）が近くなって、武家屋敷の並ぶ道は人通りも途絶え、しんと静まり返っていた。

「小一郎め、結局ついてきたな」

隼人が面白がる声音で、肩越しにちらりと振り返った。言われてみれば、半町（約五十メートル）ほど後ろで耳馴染《みみなじ》みの足音がする。気配を消しているつもりだろうが、父にさえ気取《けど》られるようではまだまだ修行が足りない。

一緒に行くと言い張るのを押しとどめ、片桐家の双子に預けてきた。遊んでもらおうと手ぐすね引く二人の幼子《てき》を、うまくかいくぐって出たわけだ。やんちゃ盛りの双子にさえ手に負えないのだから、親が持て余すのも当然である。

「仮小屋にいるとすれば、案ずるべきは賊ではなく怪我だ。小一郎がいれば助けになるやもしれん」

呑気《のんき》に構えたのも束の間、小一郎に教えられた空き地の手前で、隼人はつっと足を止めた。惣介も眉をひそめた。

「惣介、物音が聞こえなんだか」

「隼人、血の臭いがする。まだ新しい」

二人同時に言葉がこぼれた。

立ち止まり、気配に耳を澄ませ、提灯を掲げて辺りを照らしてみる。それはごく狭い場所だった。焼ける前は一戸建ての小さな見世《みせ》か仕舞屋《しもたや》があったと思われる。

火事から半年経って、町はすでに次の時を刻み始めていた。それは焼ける前とは似て非なるものだ。元どおりに建て直された見世や長屋も、主が変わっていたり店子《たなこ》が入れ替わっていたりする。主がそのままでも、普請《ふしん》には先立つものが要る。以前のような見世構えには手が届かず、焼け跡に建てた仮小屋で細々と商いを始める場合も多い。命が無事でも暮しが無事とは限らないのだ。

ここでも、火事が暮しを焼き払って、狭い空き地は未だに無残な姿をさらしていた。更地《さらち》に均《なら》す金さえ工面できないようで、土台や石積みが残ったままだ。その土台の手前に、板葺《ぶ》きの歪んだ小屋がある。納屋くらいの大きさで、細い柱が屋根を支えているばかり。壁も戸も筵《むしろ》で代用してある。他に身を寄せる場所もなく、雨風をしのぐため素人細工で拵えた物だろう。

見捨てられた小屋もその手前のでこぼこした地面も、闇の内に沈んでいる。猫一匹、動いてはいない。

「……ちと見てこよう」

隼人が空き地に歩み入ったところで、隣に小一郎が立った。

「又三郎はいましたか」

言いつけを守らずついて来たくせに、言い訳さえなしだ。血の臭いを嗅いだなどと話せば、どう出るか知れたものじゃない。

「隼人が探っている。誰もおらんようだが——」

「わたしも行ってみます」

否《いや》も応もない。倅が真っ暗な中しゃにむに進もうとするのを放ってもおけず、あわてて前に踏み出した。途端に、草履《ぞうり》がごろた石に乗り上げて転びそうになった。

（こんな場所で殴り合いなんぞして）

今さらながら背筋が冷たくなる。顔のあざだけで済んだのは僥倖《ぎょうこう》だった。

「小屋の中には誰もおらん」

隼人が筵掛けの中から出て来て、首を横に振った。小屋の周囲にも人影はない。血痕《けっこん》らしきものも見当たらない。ただ、臭いはさっきより濃くなった。分量はさほど多くないが、人の血液の臭いなのは確かだ。そして人は流血以外の理由でも死ぬ。

（又三郎が流した血なのか。もしそうなら、そんな体でいったいどこへ消えた）

不安で喉が詰まる。二年前、まだ手習いに通っていた頃の又三郎の姿が、在り在りと目に浮かんだ。屈託《くったく》のない明るい目をして、躾の良さがしのばれる礼儀正しさで——泣きたくなってきた。

「又三郎」

傍でひそめた声がした。小一郎が友の名を呼んだのだ。断りもなく惣介の手から提灯をもぎ取り、小屋の裏手へ回り込む。

「又三郎。俺だ。いるなら返事をしろ」

大きな声を出せば、隣近所の町人が気づいて外に出てくる。自身番へ走る者もいよう。大ごとになって恥をさらしては困る。そう気遣っての忍び声だ。生きて近くにいるならとうに姿を現しているはず、とは大人の判断で、小一郎が数少ない心当たりを諦めきれないのも無理はない。

（さて、このあとどんな手が打てる……）

惣介が胸のうちで嘆息するのと合わせたみたいに、隣で隼人が動いた。

「惣介。小屋の裏だ。誰かいる」

言うと同時に、隼人は足早に小屋の角を曲がっていった。暗がりに一人取り残されて、惣介はしばし途方に暮れた。それでも手をこまねいてはいられない。闇に目を凝らし、星明かりを頼りにそろりそろりと進んで小屋の柱をつかみ、手探りで筵をたどって隼人のあとにつづいた。ひと足ごとに血の臭いが濃くなった。

どうにか提灯の灯《あか》りに追いついたとき、地面の下から声が聞こえた。

「……待ちかねたぞ、小一郎」

又三郎だ。こちらも小一郎に負けず劣らずの内緒声だった。

「この間の喧嘩は、俺一人で立ち向かってしくじったろう。小一郎にも『大馬鹿者』と叱られた。だから、今日は待ってやったぞ。けど、なかなか来ないから、これは夜明かしだと腹をくくって横になったら、どうやら眠ってしまったようだ」

鉄之助たちの奸計、ならぬ地面にぽっかり口を開けた穴に、又三郎は落ち込んでいた。この窮地《きゅうち》にあって『眠ってしまった』とは、豪傑《ごうけつ》なことを言う。これだけしゃべれるからには、大きな傷も負ってはいまい。

転落してすぐ声を上げて助けを呼ばなかったのは、世間を気にしたからだ。騒がずとも、小一郎が必ずそれと思いついて救いに来る。そう信じていたのだ。

ここは台所の跡だろう。いつもは芋《いも》や根菜を仕舞うのに使い、火事になれば、守りたい家財や品物を入れ、蓋《ふた》の上に砂や水で濡《ぬ》らした畳を載せて、焼失を防ぐ穴蔵。又三郎はその底にいるのだった。

穴蔵は、武家屋敷、商家、町屋を問わずどこにでもある。土蔵よりは安価に作れ、堅固に大事の品を守ってくれるが、効き目は、半焼で済んだときや間近で火が食い止められたときに留《とど》まる。建物がすっかり焼け落ちたときには、穴蔵も出入りに使う梯子《はしご》も燃え尽きて、残るのは土に掘った穴だけだ。

焼けたまま放りっぱなしにされた土地には、しばしば、穴蔵や井戸の跡が崩れた梁《はり》や柱に埋もれて隠れている。落とし穴のように。行方知れずになった子どもが、そうした穴の底から見つかることも時折起こる。

小一郎から空き地の話を聞いたとき、すぐそれに思い当たってもよかった。それより何より『わたしと又三郎が見つけて、二人のものとしたのです』と名乗りを上げたくせに、陥穽《かんせい》を見落としていた小一郎と又三郎が不甲斐ない。

「ようこれまで誰も落ちずに済んだものさ」

隼人が眉間《みけん》に皺《しわ》を刻んで、穴の周囲の瓦礫《がれき》を後ろに投げた。又三郎を抱え上げる支度を始めたのだ。機嫌が悪いのは、これから信乃と仁が駆け出していく浮き世にこんな落とし穴が幾つもあると、改めて思い知ったからだ。

「すまなかったなあ。真っ暗な中で心細かったろう。知らずにいて、すっかり遅くなってしまったのだ。ほんとうに、すまない」

小一郎は地べたに腹ばって、穴の中へ手を差しのべていた。

然《さ》もありなん。詫びの言葉は、こうして友に贈るための取って置きだ。親に回す分があるかないかは、推して知るべしだ。

「どれ、手を貸してやろう」

隼人が穴の縁にしゃがんで手を伸ばした。穴の奥行きはわからないが、縦横一間（約百八十センチ）、深さはそれよりもう少しある。

「ちと深いが、両手を持って引けば、上がれんこともあるまい」

「わたしはどうにかなります。けれど、三辺鉄之助は肩が抜け足を挫《くじ》いているので、背負ってやらねば無理だと存じます」

聞いて初めて気づいた。穴の奥の暗闇にもう一人。身を隠すように、丸めた背をこちらに向けている。提灯で照らすと、結初《ゆいそ》めの髷《まげ》が崩れて、血に汚れているのがわかった。空き地の手前までただよっていたのは、鉄之助の傷から流れた血液の臭いだったのだ。頭は小さな怪我でも出血がひどい。膿《う》めば他の障りの因ともなる。早く手当するに如《し》くはない。

「良いお天気でしたからふらりと歩きに出て――」

と、又三郎が体裁《ていさい》を繕《つくろ》って、経緯をしゃべり始めた。

「少し足が痛くなったので、ここの小屋で休もうと思って空き地に入りました」

実際は、母親に抗《あらが》って屋敷を飛びだした勢いのまま、まっすぐにここへ来たに違いない。あんな家には二度と帰らない、くらいの気持でいたかもしれない。

「そうしたら、小屋の裏からうめき声が聞こえて。それで様子を見に来たら、鉄之助が穴の中でうなっていたのです。いくら喧嘩相手でも放ってはおけません。痩せているし、わたしでも引っ張り上げられるだろうと見積もったのですが……」

面目なげに口ごもったから、隼人が残りをつけ足した。

「不覚を取って、二人ともに穴の底へ転がり落ちた、と」

又三郎がきまり悪げにうなずいた。同じことを惣介が言ったなら、小一郎は又三郎をかばって大いに反駁《はんばく》しただろう。隼人だから、遠慮して口をつぐんでいるが。穴の中で背を向けて身じろぎもしない鉄之助といい、又三郎といい、小一郎といい、まことに面倒臭いお年頃である。

「となると、梯子がいるな」

隼人が小首を傾げた。近所で頼めば話は早いが、旗本の倅が穴蔵に落っこちたと、面白おかしく噂が立つ。

「小一郎、鉄之助の家がどこか知っているか」

惣介の問いに黙って首を縦に振り、小一郎が走り出した。三辺家の石高がどのくらいかはわからないが、青二才の御家人の倅が一人で旗本屋敷を訪ねても埒《らち》は明くまい。隼人が心得顔でちらりと惣介を見て、あとを追った。

「ご迷惑をおかけして、面目次第もございません」

ふたつの足音が遠ざかると、又三郎が持ち前の礼儀正しさを取り戻した。

「俺に謝ることはない。それより父上だ。ずいぶん案じておられた。きちんとお詫び申し上げろ」

「そういたします」

他人にならこうして素直な返事が出来る。小一郎も同じだろう。

「日は暮れる、肌寒くなるで、ずいぶん怖かっただろう。見つけたときにすぐ鉄之助の屋敷へ人を呼びに行けば、こんな目に遭わずに済んだものを」

「はい。ですけれど……」

言いさして、又三郎は鉄之助の背中を見返った。鉄之助の痩せた肩が、ひくりと動いた。

「鉄之助が嫌がりましたから。もし同じ立場なら、わたしも嫌だろうと思ったのです。元服したからには、一人前と認められたいですから。穴に落っこちて泣いて助けを求めるなんて、子どもじゃあるまいし」

その挙句、半人前以下、子どもよりはるかに始末の悪い事態になっている。だが、そこは衝《つ》かずにおいた。十五には十五なりの体面がある。自分もずっと四十男だったわけではない。周りの見る目が何より気になる——そんな時期が有った。

ほどなく隼人と小一郎が戻った。鉄之助の父親が、戸板と梯子を担いだ若党二人と用人を引き連れて、直々に姿を見せた。装束と態度から推して、五百石は越える旗本だ。父親は、穴の脇にいた惣介に軽く会釈すると、指図して手早く梯子を下ろさせ、まず又三郎を穴から出した。それから若党二人が穴に下り、一人が梯子を支え、一人が鉄之助を負ぶって助け上げた。

その間、三辺家の者たちは誰もひと言もしゃべらなかった。父親は提灯の灯《ひ》から少し外れた位置で、目を閉じ腕を組んでいた。そうして、若党が背負ってきた鉄之助を戸板に下ろすやいなや、すっと傍に行って倅の襟元をつかみ、頬に思い切り平手打ちを喰らわした。

パンと激しい音が夜陰に響き、さらに打とうとして腕が上がる。惣介は思わず父《おや》子《こ》の間に腕を差し入れていた。

「三辺様、御子息は誤って穴に落ちただけですぞ。しかも怪我をしておられる。いくら何でも――」

言葉のつづきは、鉄之助の父の厳しい目差《まなざし》にさえぎられた。その目つきには憶《おぼ》えがあった。

まだ料理の修業を始めたばかりの頃、居眠りをして煮物を焦がした。あのときの父の目だ。父は無言で焦げた鍋《なべ》を突きつけ、それから惣介を散々に打ち据えた。あの瞳《ひとみ》に、わずかなりとも親の慈しみが宿っていたのか。今でもわからない。

(台所人として御膳所《ごぜんしょ》に上がったとき、みじめったらしいしくじりをしては倅が笑いものになる。そう考えてくれたのやもしれんが……)

痛みから伝わってきたのは、どうあっても台所人の家名を守りたい父の焦りだけだった。二十年以上過ぎた今でも、胸の奥の奥に、師匠としての父を憎んで泣いている幼い自分が、ひっそりたたずんでいる。

「鮎川殿。此度のこと、たいへん世話をおかけした。そのことには礼を申す。しかし、我が家《いえ》には我が家のやり方がある。まして、鉄之助は嫡男だ。『誤って』では済まぬこともある。口出しは無用に願いたい」

つづけて隼人に向けた切り口上の挨拶を残し、鉄之助の父は踵《きびす》を返した。用人が深々と頭を下げて、あとに従った。

鉄之助は、戸板を持ち上げようとした若党を押しとどめ、板から下りて惣介と隼人に辞儀をした。血の気の失《う》せた顔は無表情だったが、目が潤んでいるのは見て取れた。それから又三郎と小一郎のほうへちらりと目線をやり、左の肩を右手で支えて歩き出した。足を引きずる音が、闇に吸い込まれるように消えていった。

「鉄之助の奴、泣いていたなあ、小一郎」

「うん。泣いていた」

「可哀想に」

「うん。可哀想に。殴らなくても口で言えば済むのになあ」

「俺も兄上に殴られるやもしれん」

「任せておけ。兄上には俺が、人の道の理《ことわり》を説いて差し上げる。又三郎がどれほど勇敢だったかも話す」

又三郎と小一郎が、肩を並べてぼそぼそと話しながら前を行く。又三郎の家がある中御徒町までずっと下りの道だ。

「良い友垣《ともがき》ではないか。ああして二人で支え合っていれば、滅多なことにはなるまい。仁にもあのような連れが出来ればよいが」

やり取りに耳を傾けて、隼人が父親の声になった。

確かに。『親擦れより友擦れ』と言う。子どもは友を通じて、世間のことを知っていく。又三郎を得たことは、小一郎にとってばかりでなく、惣介と志織にとっても幸いなのだ。又三郎の兄が小一郎の屁理屈を黙って聞いてくれるかどうかはともかくとして。

「とは言うても、まだ当分はごたごたするのだろう。娘も厄介だが、倅は倅でむずかしい」

我知らずため息混じりになった。

「仕方がないさ。俺も十五、六の頃は、父親を不倶戴天《ふぐたいてん》の敵としていた。奥女中の尻に張りついて、へらへらと情けない。そう思うて見下しもした。襟を開いて話をし、父も人の子だと気づいたのはずいぶんあとだ。惣介も臍《ほぞ》を固めて、受けて立ってやるがいい」

「他人事だと思うて、長閑《のどか》なことを言うな」

十年経ったら、同じ言葉をお見舞いしてやろうと思う。

念仏坂はすっかり夜の帳《とばり》の中だ。五日月《いつかづき》が、坂の下に広がる甍《いらか》の波に沈みかけていた。

参考文献一覧

『江戸の料理と食生活』　原田信男　小学館
『江戸料理事典』　松下幸子　柏書房
『豆腐百珍』　福田浩　杉本伸子　松藤庄平　新潮社
『完本　大江戸料理帖』　福田浩　松藤庄平　新潮社
『万宝料理秘密箱』　奥村彪生　ニュートンプレス
『古今名物　御前菓子秘伝抄』　鈴木晋一（訳）　教育社
『江戸幕府役職集成』　笹間良彦　雄山閣
『近世事件史年表』　明田鉄男　雄山閣
『江戸見世屋図聚』　三谷一馬　中央公論新社
『江戸職人図聚』　三谷一馬　中央公論新社
『大江戸復元図鑑』〈庶民編〉〈武士編〉　笹間良彦　遊子館
『江戸城と将軍の暮らし』　平井聖　学習研究社
『大名と旗本の暮らし』　平井聖　学習研究社
『江戸あきない図譜』　高橋幹夫　筑摩書房

『江戸衣装図鑑』　菊地ひと美　東京堂出版
『江戸語の辞典』　前田勇　講談社
『江戸物価事典』　小野武雄　展望社
『文政江戸町細見』　犬塚稔　雄山閣
『京ことばの辞典』　大原穣子　研究社
『高橋景保の研究』　上原久　講談社
『日本災異志』　小鹿島果　地人書館
『江戸の火事』　黒木喬　同成社
『都市型放火犯罪』　上野厚　立花書房
『江戸の税と通貨』　佐藤雅美　太陽企画出版
『江戸の貨幣物語』　三上隆三　東洋経済新報社
『あなたもこうしてダマされる』　ロバート・レヴィーン　草思社
『ものと人間の文化史――香料』　山田憲太郎　法政大学出版局
『ものと人間の文化史――化粧』　久下司　法政大学出版局
『中学二年生の心理』　落合良行　大日本図書
『中学三年生の心理』　落合良行　大日本図書

『災害都市江戸と地下室』　小沢詠美子　吉川弘文館

編集協力／小説工房シェルパ（細井謙一）

解説

末國善己《すえくによしみ》（文芸評論家）

蕎麦《そば》、天麩羅《てんぷら》、おでん、握り寿司、鰻の蒲焼きなど、現代まで続く日本料理の原型は、すべて江戸時代に生まれた。そのため、池波正太郎の『鬼平犯科帳』『剣客商売』『仕掛人・藤枝梅安』の主人公は、いずれも美味しい食べ物に目がないエピキュリアンとされているし、江戸っ子が好んだ初ものをからめた宮部みゆきの捕物帳『初ものがたり』、女料理人が一膳飯屋を繁盛させていく山本一力『だいこん』、夫が冷淡なことに悩む同心の妻が、食道楽の舅に助けられる宇江佐真理『卵のふわふわ』など、料理が物語のキーポイントになっている時代小説は少なくない。小早《こばや》川涼《かわりよう》の〈包丁人侍事件帖〉シリーズも、この系譜に属している。

二〇〇九年七月から二〇一四年三月まで学研M文庫から七冊が刊行された〈包丁人侍事件帖〉は、同レーベルの廃止にともない角川文庫に移籍し、著者が加筆修正を行って全巻が再刊された。キャラクターや設定はそのままに、続編として二〇一五年五月にスタートしたのが、〈新・包丁人侍事件帖〉シリーズである。

主人公の鮎川惣介《あゆかわそうすけ》は、徳川十一代将軍家斉《いえなり》の食事を作る御膳所の台所人。御家人なので本来はお目見えは許されないが、なぜか家斉に気に入られた惣介は、時折、御小座敷に召されているので、上役や同僚から嫉《ねた》まれている。惣介には、妻の志織《しおり》と、剣術に打ち込む長男の小一郎《こいちろう》、本道医を目指し曲亭馬琴《きょくていばきん》の息子・宗伯《そうはく》に弟子入りした娘の鈴菜《すずな》の二人の子供がいる。そんな惣介は、寺社奉行・水野和泉守忠邦《みずのいずみのかみただくに》の側近・大鷹源吾《おおたかげんご》を好きになった鈴菜の恋の行方に悩まされている。

驚異的な嗅覚を使って難事件を解決してきたものの、少し太りぎみで剣は苦手な惣介をサポートするのが、幼馴染みで御広敷の添番を務める剣の達人・片桐隼人《かたぎりはやと》である。隼人の妻・八重《やえ》は長く不妊に悩んでいたが、仁《まさし》と信乃《しの》の双子を出産、いまは数えで三歳になった。ただ姑の以知代《いちよ》との関係は、相変わらずよくない。

惣介が好きな男ができた年頃の娘に気をもんだり、隼人が年を取ってから生まれた双子を溺愛し、子育てに追われたりと、現代と何ら変わらない身近な家族の問題が描かれていることも、シリーズの人気を支えていると考えて間違いあるまい。

シリーズ第三弾となる本書『飛んで火に入る料理番　新・包丁人侍事件帖③』は、江戸市中で火事が相次ぎ、町火消が大乱闘を起こした文政七（一八二四）年の二月から始まる。ここまでは史実で、町名主の斎藤月岑《げっしん》が江戸の歴史をまとめた『武江《ぶこう》年表』にも、文政七年二月八日「夜六ッ半時過」、霊巌島の「南新堀二丁目より出火して、湊橋際迄焼る、此時町火消闘諍に及び、怪我人多く即死のものもあり」と記されている。

しばらくして、町火消《う組》の頭になった勘太郎《かんたろう》が、小間物屋《くれない屋》の番頭・理左衛門《りざえもん》を連れて惣介を訪ねてくる（惣介と勘太郎の関係は、記念すべきシリーズ第一弾『将軍の料理番』に詳しい）。理左衛門によると、幼馴染みで簪《かんざし》職人の五十松《いそまつ》が死んだが、その原因は町火消の乱闘に巻き込まれた結果とされた。しかし子供の頃から喧嘩が嫌いな五十松が、乱闘で死ぬとは考えられないという。

付け火を目撃した五十松が殺され、町火消の乱闘に紛れ犯人が野放しになっているとの疑惑が描かれる第一話「火の粉《こ》」は、惣介たちの捜査によって、何者かが町火消を煽って騒乱を起こした可能性が浮かび上がってくる。この展開は、〝木の葉を隠すなら森の中〟を踏まえ、〝死体を隠すなら死体の中〟という有名なトリックを作ったG・K・チェスタトンの名作短編「折れた短剣」（"The Sign of the Broken Sword"）へのオマージュのように思える。また、岡本綺堂『半七捕物帳』の一篇「熊の死骸」は、弘化二（一八四五）年一月に起きた青山火事の時、熊が逃げ出した史実をミステリに仕立てていた。やはり実際に起きた火事に魅惑的な謎を織り込んだ第一話は、捕物帳の創始者・綺堂への敬意も感じられる。

事件を追う惣介と隼人は、髪結いの師匠の家を出て、実家に帰ろうとした少女ヨシと出会う。先日の火事を経験したヨシは、なぜか惣介のようなメタボな男を恐がっていた。その理由が事件を思わぬ方向に導くだけに、衝撃の結末に圧倒される。第二話「似非者《えせもの》」は、家斉が食欲をなくし、御膳所の台所人が頭を悩ますなか、惣介にお召しがかかる。財政難に苦しむ幕府は、金や銀の含有量を減らした貨幣を作り、その差額を幕府の利益にする改鋳を行ったが評判は悪かった。特に新たに発行した一朱金は、金貨とは名ばかりで含まれているのはほぼ銀、しかも小型で扱い難くなかなか市中で流通しなかった。家斉は経済改革が民に認めてもらえず、さらに南鐐二朱銀の偽金が出回ったことにも苦しみ、食欲をなくしていたのだ。『武江年表』に、文政七年二月「新吹南鐐銀通用始」、七月「一朱金通用始る」とあるように、第二話も実際に行われた貨幣改鋳が事件の発端となっている。

家斉の悩みを聞いた直後、惣介の家を因縁の相手・桜井雪之丞《さくらいゆきのじょう》が訪ねてくる。雪之丞は、公家の楽宮喬子《さざのみやたかこ》が、家斉の嫡男・家慶《いえよし》へ嫁ぐ時に京から従ってきた料理人である。徳川家康の入府と共に発展した江戸は、長く日本の中心だった上方とは比べるべくもない新興の都市で、衣食住の高級品は上方から送られてくる下りものに頼っていた。つまらないもの、粗末なものを〝下らない〟というのは、〝下りものでない〟が語源との説もある。江戸が上方に匹敵する文化を築くのは、まさに家斉治政下の文化文政期。上方の人間にとっては片田舎の江戸へ下る楽宮喬子を不憫に思った親が、料理人を付けたのは当然の配慮だったのである。これは十六世紀、文化先進国だったイタリアのフィレンツェから、フランス王アンリ二世に嫁いだカトリーヌ・ド・メディシスが、多くの料理人を連れてきたのと同じ構図である。

惣介は、突然、目の前に現れた雪之丞を「黙れ、狐狸妖怪。そこに直れ」と一喝。この言動について著者は、「この世に幽霊なぞいない。だが狐狸が幽霊や人に化けることは間々ある。今の世を生きる武士ならば、誰でもそのくらいは知っている」と説明している。儒教を叩き込まれた江戸の武士は、孔子の教えをまとめた儒教の聖典『論語』の一節「怪力乱神を語らず」を信じていた。そのため儒者による幽霊や妖怪の否定本も数多く執筆されたが、その中には、幽霊や妖怪はすべて狐狸が化けたものと解説したものもある（鳥取藩士の野間宗蔵がまとめた『因州記』には、怪談を集めた覚書がある。ある怪談を聞いた宗蔵は、現場に野狐の足跡があったことから、怪異は「野狐ノシワサニ究タリ、論スルニ不及」としている）。

現代人には、幽霊も妖怪も、狐狸が人を化かすのも超自然現象だが、江戸の儒学を学んだ階層にとっては、幽霊や妖怪は存在せず、狐狸が人を化かすのは合理主義の世界に属していた。このように本書には、何気ない一文にもこまやかな時代考証が施されているので、江戸情緒が満喫できるのだ。ちなみに、雪之丞が惣介を誘って出かける《甲子屋《きのえねや》》も、江戸に実在した料理屋である。

雪之丞の相談は、《くれない屋》に関するものだった。《くれない屋》の主人・幸《こう》右衛門《えもん》が、雪之丞を護衛するくノ一の睦月《むつき》を後添えに迎えたいといってきた。雪之丞は、惣介の家に《くれない屋》の理左衛門が出入りしていると知り、店の内証や幸右衛門の人となりを探って欲しいというのだ。さらに雪之丞が《甲子屋》の支払いに使った南鐐二朱銀が偽金と判明し、その二朱銀が幸右衛門の巾着から出たと聞いた惣介は、雪之丞を救うため偽金の出所も探ることになってしまう。

やがて偽金作りの陰謀は、思わぬ事件と結び付く意外な展開をたどる。睦月と幸右衛門の結婚話、日本に漂着した英吉利人《えげれすじん》で、惣介が面倒を見ている末沢主水《すえさわもんど》、主水の料理の師匠で彼が恋心を抱くふみ、ふみが想いを寄せる理左衛門が織り成す三角関係、惣介の娘・鈴菜の恋人・大鷹源吾の登場と、恋愛模様が、複雑怪奇に入り組む事件の真相を見えにくくしているので、恋愛ミステリとしても秀逸である。

第三話「小一郎　春の隣《となり》」は、人の命を奪う放火・殺人、国の根幹を揺るがす偽金作りという大事件とは一転、惣介の息子・小一郎と親友の柊又三郎《ひいらぎまたさぶろう》が、旗本の子供と喧嘩騒ぎを起こした直後、又三郎が姿を消す謎が描かれる。御家人の小一郎たちは、身分が上の旗本の子供たちの横暴に耐えかね、喧嘩を仕掛ける。これは封建体制下の特殊な事情に思えるかもしれないが、夫の学歴や職業、収入などで母親が序列化され、それが子供の生活にも影響を与えている、いわゆる〝ママカースト〟が話題を集めていることを考えれば、とても江戸時代の話とは思えないのではないか。

終盤になると、個人の力では変えられない社会の理不尽を前に、親は厳しい現実を子供にどのように教え、乗り越える力を授けるかがテーマになっていく。現代の大人と同じように、自分に自信がない惣介は、子供に背中を見てついて来いともいえず、きつく叱ることもできない。それでも、懸命に大人としての責務を果たそうとする惣介は、大人は子供のために何ができるのかを問い掛けているのである。

職場ではトップの寵愛を受けているがゆえに、上役や同僚に嫉妬され、家では恋する娘や、成長しているからこそ危なっかしい息子に手を焼く等身大の惣介が、これからどんな事件に挑んでいくのか。シリーズの続きを楽しみにしたい。

本書は角川文庫の書き下ろしです。

飛《と》んで火《ひ》に入《い》る料《りよう》理《り》番《ばん》

新《しん》・包丁人侍《ほうちようにんざむらい》事《じ》件帖《けんちよう》③

小《こ》早《ばや》川《かわ》 涼《りよう》

平成28年 6月25日 初版発行

発行者●郡司 聡

発行●株式会社KADOKAWA
〒102-8177 東京都千代田区富士見2-13-3
電話 0570-002-301（カスタマーサポート・ナビダイヤル）
受付時間 9:00～17:00（土日 祝日 年末年始を除く）
http://www.kadokawa.co.jp/

角川文庫 19767

印刷所●旭印刷株式会社 製本所●本間製本株式会社

表紙画●和田三造

◎落丁・乱丁本は、送料小社負担にて、お取り替えいたします。KADOKAWA読者係までご連絡ください。（古書店で購入したものについては、お取り替えできません）
電話 049-259-1100（9:00 ～ 17:00/土日、祝日、年末年始を除く）
〒 354-0041 埼玉県入間郡三芳町藤久保 550-1

ISBN978-4-04-104200-7 C0193

角川文庫発刊に際して

角川源義

第二次世界大戦の敗北は、軍事力の敗北であった以上に、私たちの若い文化力の敗退であった。私たちの文化が戦争に対して如何に無力であり、単なるあだ花に過ぎなかったかを、私たちは身を以て体験し痛感した。西洋近代文化の摂取にとって、明治以後八十年の歳月は決して短かすぎたとは言えない。にもかかわらず、近代文化の伝統を確立し、自由な批判と柔軟な良識に富む文化層として自らを形成することに私たちは失敗して来た。そしてこれは、各層への文化の普及滲透を任務とする出版人の責任でもあった。

一九四五年以来、私たちは再び振出しに戻り、第一歩から踏み出すことを余儀なくされた。これは大きな不幸ではあるが、反面、これまでの混沌・未熟・歪曲の中にあった我が国の文化に秩序と確たる基礎を齎らすためには絶好の機会でもある。角川書店は、このような祖国の文化的危機にあたり、微力をも顧みず再建の礎石たるべき抱負と決意とをもって出発したが、ここに創立以来の念願を果すべく角川文庫を発刊する。これまで刊行されたあらゆる全集叢書文庫類の長所と短所とを検討し、古今東西の不朽の典籍を、良心的編集のもとに、廉価に、そして書架にふさわしい美本として、多くのひとびとに提供しようとする。しかし私たちは徒らに百科全書的な知識のジレッタントを作ることを目的とせず、あくまで祖国の文化に秩序と再建への道を示し、この文庫を角川書店の栄ある事業として、今後永久に継続発展せしめ、学芸と教養との殿堂として大成せんことを期したい。多くの読書子の愛情ある忠言と支持とによって、この希望と抱負とを完遂せしめられんことを願う。

一九四九年五月三日

角川文庫ベストセラー

髪ゆい猫字屋繁盛記
赤まんま
今井絵美子

木戸番のおすえが面倒をみている三兄妹の末娘、まだ4歳のお梅が生死をさまよう病にかかり、照降町の面面は、ただ神に祈るばかり――。生きることの切なさ、ままならなさをまっすぐ見つめる人情時代小説第5弾。

雁渡り
照降町自身番書役日誌
今井絵美子

日本橋は照降町で自身番書役を務める喜三次が、理由あって武家を捨て町人として生きることを心に決めてから3年。市井に生きる庶民の人情や機微、暮らし向きを端正な筆致で描く、胸にしみる人情時代小説！

寒雀
照降町自身番書役日誌
今井絵美子

刀を捨て照降町の住人たちとまじわるうちに心が通じ合い、次第に町人の顔つきになってきた喜三次。そんな自分に好意を抱いてくれるおゆきに対して憎からず思うものの、過去の心の傷が二の足を踏ませて……。

虎落笛《もがりぶえ》
照降町自身番書役日誌
今井絵美子

市井の暮らしになじみながらも、武士の矜持を捨てきれず、心の距離に戸惑うこともある喜三次。悩みや問題を抱えながら、必死に毎日を生きようとする市井の人々の姿を描く胸うつ人情時代小説シリーズ第3弾！

夜半の春
照降町自身番書役日誌
今井絵美子

盗みで二人の女との生活を立てていた男が捕まり晒刑に。残された家族は……江戸の片隅でひっそりと生きる男と女、父と子たち……庶民の心の哀歓をやわらかな筆で描く、大人気時代小説シリーズ、第四巻！

角川文庫ベストセラー

雲雀野《ひばりの》
照降町自身番書役日誌
今井絵美子

武士の身分を捨て、町人として生きる喜三次のもとに、国もとの兄から文が届く。このままでは実家の生田家が取りつぶしに……千々に心乱れる喜三次は、十年ぶりに故郷に旅立つ。彼が下した決断とは——？

雷桜
宇江佐真理

乳飲み子の頃に何者かにさらわれた庄屋の愛娘・遊（ゆう）。15年の時を経て、遊は、狼女となって帰還した。そして身分違いの恋に落ちるが——。数奇な運命を辿った女性の凛とした生涯を描く、長編時代ロマン。

三日月が円くなるまで
小十郎始末記
宇江佐真理

仙石藩と、隣接する島北藩は、かねてより不仲だった。島北藩江戸屋敷に潜り込み、顔を潰された藩主の汚名を雪ごうとする仙石藩士。小十郎はその助太刀を命じられる。青年武士の江戸の青春を描く時代小説。

通りゃんせ
宇江佐真理

25歳のサラリーマン・大森連は小仏峠の滝で気を失い、天明6年の武蔵国青畑村にタイムスリップ。驚きつつも懸命に生き抜こうとする連と村人たちを飢饉が襲い……時代を超えた感動の歴史長編！

夕映え（上）
宇江佐真理

江戸の本所で「福助」という縄暖簾の見世を営む女将のおあきと弘蔵夫婦。心配の種は、武士に憧れ、職の落ち着かない息子、良助のことだった…。幕末の世、市井に生きる者の人情と人生を描いた長編時代小説！

角川文庫ベストセラー

仇討 とんずら屋請負帖　田牧大和

船宿『松波屋』に新顔がやってきた。船頭の弥生が女であること、裏稼業が「とんずら屋」であることは、絶対に明かしてはならない。いっぽう「長逗留の上客」丈之進は、助太刀せねばならない仇討に頭を悩ませて。

乾山晩愁　葉室麟

天才絵師の名をほしいままにした兄・尾形光琳が没して以来、尾形乾山は陶工としての限界に悩む。在りし日の兄を思い、晩年の「花籠図」に苦悩を昇華させるまでを描く歴史文学賞受賞の表題作など、珠玉5篇。

実朝の首　葉室麟

将軍・源実朝が鶴岡八幡宮で殺され、討った公暁も三浦義村に斬られた。実朝の首級を託された公暁の従者が一人逃れるが、消えた「首」奪還をめぐり、朝廷も巻き込んだ駆け引きが始まる。尼将軍・政子の深謀とは。

秋月記　葉室麟

筑前の小藩、秋月藩で、専横を極める家老への不満が高まっていた。間小四郎は仲間の藩士たちと共に糾弾に立ち上がり、その排除に成功する。が、その背後には本藩・福岡藩の策謀が。武士の矜持を描く時代長編。

散り椿　葉室麟

かつて一刀流道場四天王の一人と謳われた瓜生新兵衛が帰藩。おりしも扇野藩では藩主代替りを巡り側用人と家老の対立が先鋭化。新兵衛の帰郷は藩内の秘密を白日のもとに曝そうとしていた。感涙長編時代小説！